想象另一种可能

理
想
国
imaginist

木心全集

巴珑

木心

上海三联书店

图书在版编目（CIP）数据

巴珑 / 木心著 . —上海：上海三联书店, 2020.5（2023.10 重印）
（木心全集）

ISBN 978-7-5426-6891-2

Ⅰ. ①巴… Ⅱ. ①木… Ⅲ. ①诗集－中国－当代
Ⅳ. ① I227

中国版本图书馆 CIP 数据核字 (2019) 第 272268 号

巴珑

木心 著

责任编辑 / 殷亚平
特约编辑 / 曹凌志　雷　韵
装帧设计 / 陆智昌
制　　作 / 陈基胜　马志方
监　　制 / 姚　军
责任校对 / 张大伟

出版发行 / 上海三联书店
（200030）上海市漕溪北路331号A座6楼
邮购电话 / 021-22895540
印　　刷 / 山东韵杰文化科技有限公司

版　　次 / 2020 年 5 月第 1 版
印　　次 / 2023 年 10 月第 6 次印刷
开　　本 / 787mm×1092mm　1/32
字　　数 / 39千字
图　　片 / 5幅
印　　张 / 7.125
书　　号 / ISBN 978-7-5426-6891-2/I·1578
定　　价 / 58.00元

如发现印装质量问题，影响阅读，请与印刷厂联系：0533-8510898

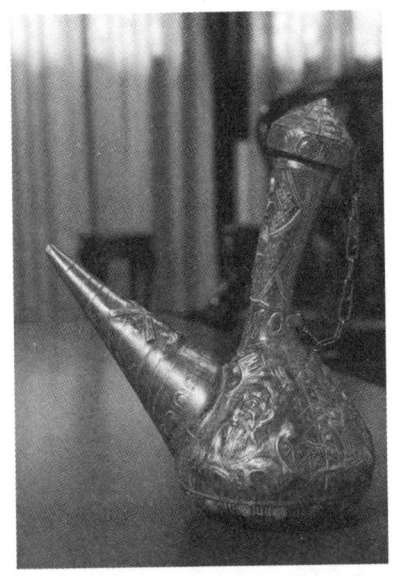

西班牙马德里的酒壶

巴珑在我家

I

唤起了永恒的西西里
唤起了岛上的自然物
迷迭香芳芳
梅利之塔，蜂窠滋味
怎摇在咪呐，费五月的风
吹得麦穗阵阵翻浪
唤起了锡拉库扎周围的古迹
也唤起巴勒莫，六月
某些夕阳西下的天色
空中弥漫柑橘花的好意
还诱去斯特拉马雷海湾
迷人夏夜，沉静海面上满天星斗
仰卧在乳瞪黄连木丛中
一缕鬼魂遥遥而来
肉体却紧张如置在刀缘
吆和魔鬼亚当之邂逅
而你，吾爱，你必先魔鬼而至

II

像往常一样
在晚些出去散步
沿伯奇大街而向下
穿过威武的维托里奥广场
近些，奔腾的水，远处的山丘
春天来了，压抑后激荡的季节
岸上第一批丁香花，草丛多德了湿呼
大量海藻长出来
月明如昼，鱼群嬉戏水面
这些都不是挪用英文考试不及格的人
不won表明你不知道所run挪威文的
不规则动词的新使式是怎样在变化
即就算，你对挪威的现状由衷熟悉
即你熟悉的并不是挪威人的文化
却是，他们的动物本能
我们下去划船吧
海水的颜色好像孔雀毛

　　　　　　1991.7.12.

意大利的朱塞培·托马西·迪·蓝佩杜萨（Giuseppe Tomasi di Lampedusa）出身没落贵族家庭。世界大战期间为陆军军官。1925年退伍。径此侨居国外。以此方式表示憎恶法西斯政权。第二次大战后他有了写作技的念头。三年内写成一部长篇，数个短篇，就凭这部长篇。评论家把之坚信于古代最伟大作家之列。著名长篇《Lighea》。是介于现实与超现实之间的小说，情世靡艳。孤芳自赏。美与中国的末代贵公子李后主传奇相似。贵族到了没落阶段，並发显得可贵。因为能见其凄凉凄凉。

日昨重阅《荷海妖》，觉得在近日诗气衰至如此中很显示可贵的。得挑出来试加繙译。而觉一夜晚。就默是诵的。至现在己去次读这两首诗。出以为是两首诗。尤以第二首的惊采。写的时候很惬意。可惜稚。先生活这么。—长纸要慢慢斯的句眼。我无敢慢慢地。

巴
珑

目 录

1   巴　珑

4   白夜非夜

6   罗马停云

9   东京淫祠

13   伦敦街声

17   我辈的雨

20   夏末致 Pushkin

22   从薄伽丘的后园望去

24   兰佩杜萨之贶

28   圣彼得堡复名

32   我劝高斯

38   海岸阴谋

43　雪　掌

47　明人秋色

52　波斯湾之战

55　雅谔撰

58　在维谢尔基村

62　指纹考

65　波尔多的钟声

67　索证者

69　塞尔彭之奠

72　道院背坡

75　共和国七年葡萄月底

84　槭 Aceraceae

87　萨比尼四季

93　末度行吟

103　五岛晚邮

124　西西里

130　洛阳伽蓝赋

150　智利行

166　门户上方的公羊头

172　魏玛早春

184　夏夜的精灵

193　维苏威烬馀录

200　埃特鲁里亚庄园记

巴　珑

下班后不回家的便是男人
公爵哪，就这儿，就 BEER
鱼、虾、乌贼、响螺、小螃蟹
香肠、腌肉、熏肋、卤猪杂
上帝保佑啤酒桶永远木制永远笨相
巴珑是玻璃的，圆肚细颈长长尖嘴
执其颈举而倾之，酒出如幽泉
仰面张口接饮，递来复递去
公爵自觉髭唇触及 PORRON 了
即取白帕拭净，道歉，双手捧给我
奏乐，唱，可扭的东西都剧烈扭
一千五百余家小酒店夜夜马德里
狭街窄巷多转折，背影消失得快

青石板块块沾野史,凉雨涤着淤血
跳舞斗牛骑士画师底里全是假
晃来荡去的外国游客一身全是蠢货
西班牙天生白墙黑瓦,腓尼基迦太基
霎时船呀炮呀诈呀掳呀金银贴地争飞
到如今酒是便宜人是疏懒午间偷情是长
海盗儿孙只落得站着玩玩吃角子老虎
既然罗马会完,世界也要完
CERVANTES认为弓不能一径弯着勿弛
脆弱的人心难免要有些合法的娱乐
要不是听说过爱情,多少人会知道爱情
公爵哪,背着这把年纪,重新抛头露面
按照老VEGA的意思,灯芯草般的身世
也可随铁匠的女儿一同带进剧本里
十二张纸正好配上时间和观众的耐性
在这寒暑均烈的柏立安半岛上
回教们基督教们从来软语商量不定
夜雨潇潇,到了只剩神话还像话的地步
半人马就是最精良的私车——我们慢慢走

是,十九岁这个年龄是再好不过的了
我在直布罗陀当水手,您在哪里

              1988

白夜非夜

童年鱼肝油瓶贴上
初识的北欧罗巴啊
会了面,才知也有污染
也有涂鸦,离婚
城市治安大不如前
仍见雨中蘑菇似的凝视
仍见午后风磨似的招呼
夕照磐石似的微笑仍见
电压220,浴盆广而深
旅馆的房门有门槛,留神
赫辛哥附近,孔波古堡
就是汉姆莱特那一回事
四壁油画绣幔盾牌徽章

天亦倦于怨,人已不足尤

灿斓地发呆,台词早尽

六七月的白夜,中宵

没有照明亦可读齐克果伤心篇

哲学总是次要的,鸽灰色的

迷途的羔羊咩咩哀鸣

齐克果一生只去过柏林

丹麦在纪念克里司汀四世

挪威规定白日行车要亮灯

除非卜居斯邦,心也捐了

要么悲号,要么欢叫

要么悲号欢叫一律废寝

暗绿芬兰,淡靛冰岛

紫的瑞典,褐的挪威

丹麦黄白黑,宛如那场

尼采与勃兰兑斯的蒸蒸友情

暴风雨中的摇篮曲已告寂静

1988

罗马停云

从前诗人罗马多
贺拉士,最快乐
著名的朋友处处有
维琪尔绍介了玛西那斯
豪富而高权的当朝宠贵
赠一注礼物给贺拉士
离罗马三十里的小田园
安居下来,简朴地生活
静观着罗马在身旁骎骎而过
时常做些诗,种植畦圃
偶有朋友暂弃尘嚣,与他同住几天
都是炎炎名将大臣,此刻凉下来
贺拉士提点儿忠告、直谏

至今也还是全体人类的金箴
他的福音在于自制、知足
合理地争胜,设法保持怡悦
你也抛掉罗马的飨宴、溽暑
到水草清倩的乡间来罢
即使昨天不算,他说
今天可是我自己的主宰
有人抱怨贺拉士一味平凡
他的平凡为每个朝代所难得
有人太息贺拉士规避生命
何不说是他儴勉了尔等
莫让生命带走我们绝妙的自己
生命把欢喜和上进的能力带走了
我们才两手空空,无辞以对
昆特·贺拉士·弗拉考斯
逢到又虚弱又不安的难挨时刻
他走近来,数句温润机智的话
解去你作茧自缚的心情
英雄的伟迹,是维琪尔的事

洛克里托斯呈说宇宙神奇
运命,际遇,世道险恶
全归苏福克里斯等三位料理
贺拉士是你肩旁沉静寡言的参谋
唯有见到他的话有益,他才启齿
这样柔和的手,探测每个伤口
受创者微笑着,贺拉士呀

1988

东京淫祠

阳春看花时节
午前的晴天到得午后
必定刮起风来
要不傍晚就下雨
黄梅期间毋庸说了
入夏，大雨随时沛然而至
我穿着日和下驮拿着蝙蝠伞
东京的天气实在没有信用
我喜欢行向市中的废址
景色平凡得只够单身汉的兴致
例如右边为炮兵工厂砖墙所限
小石川的富坂，刚要走完
左侧有一条沟渠流下去了

朝着蒟蒻阎魔的小胡同

两旁屋舍低得像扑在地上

路也随便弯来弯去

有几处飘着冰食的幌子

住家是裁缝，烤白薯，扎灯笼

水潭连水潭，映得天光散乱

这样地我曳着日和下驮慢行

从古到今淫祠未受官家庇护

让它在那里，就算宽大看待

弄得不巧往往就拆除个干净

东京的小胡同淫祠还数不清

本所深川一带河流的桥畔

麻布芝区极陡的土坡下

繁华地段库房间，多寺院街拐角

小小的祠，不蔽风雨的石地藏啊

每过一些时候就有人来挂上匾额

奉献手帕，焚香叩首，站在那里久久

现代教育把日本人唆成巨奸大猾

这点儿愚昧还赶不及如数褫夺

在碎损的地藏尊的脖子上添围巾
女儿去当艺妓自己去做侠盗也未可知
敬业于梦想银会和彩票的鸿运
将旁人的隐私投到报纸上
借口天道正义来敲竹杠，这些玩意儿
这类文明武器使用法他们尚欠精通
只晓得欢喜天要供油炸馒头
对大黑天，奉的是双叉萝卜
稻荷神，看取油豆腐，新余的
芝区日荫町的稻荷神独钟鲭鱼
在驹入地方又有沙锅地藏
祈祷医治头疼，病好了就还愿
将一沙锅置于地藏菩萨的头顶
御厩河岸的榧寺有专止牙痛的吃糖地藏
嗜盐的地藏端坐金龙山的庙内
小石川富坂的源觉寺的阎魔王歆享蒟蒻
大久保百人町的鬼王能疗疥癣，只收豆腐
向岛弘福寺石头老婆婆人家都送炒蚕豆
求她免除小儿的百日咳、夜啼、溏便

我也贪看社庙滑稽戏以及丑男子舞
细猜匾额上狡狯的斑斓谜画
都有效使我酸楚地得到茫茫的慰安
终年多湿的东京天气实在是不讲信用
蝙蝠伞日和下驮成为必备的身外之物
午前的晴天午后两三句钟刮风了
傍晚雨中的小胡同的淫祠就只这点淫

  本篇每撷永井荷风散文句，但为诗故沉吟久之。

1988

伦敦街声

六十年前在伦敦说起伦敦
我喜欢爱迪生的那个时候
半夜被斯文的叩门声扰醒
更夫嘤嘤然报告准确时刻
街上响着他的铃铎渐远了
洛杰卡佛莱勋爵自庄园来
(乌司德郡路径苍翠原野寂静)
既至伦敦,他说起初一星期
脑缝中全是街上的各种呼声
维尔汉尼坤却道,正相反
相反,他觉得街声好听
比百灵和夜莺的翻叫还好听
伦敦街声那时候分两种

声乐、器乐包括敲炒锅打煎盘

人人处处朝朝暮暮敲敲打打

阉猪者吹的是画角,难得的

街上并没有太多要阉的东西

凭天赋嗓子者真正优秀哪

卖牛奶的叫声尖,尖得酷烈

会使善感的人满口牙齿发酸

捅烟囱的音阶跨度之大呵

从绝顶高锐,层层落到最低钝

别的佳评可用到卖碎煤的身上

更不说搜破玻璃和砖屑的了

箍桶匠吆喊到末脚作一个闷喝

曳着悲哀庄严的调门的是椅子要修吗

(不知何故令我怡然忧悒起来)

一年中必有腌黄瓜小脆瓜上市

可惜呀,十二个月只有两个月听得到

如果天不作美一个月后就寥落下去

这许多呼声大抵不易辨别

乡村来的孩童趑出门户张张望望

向修风箱的买苹果，问磨刀剪的要姜饼

像我那样无意而有心谛聆，也难推断

例如，啊，有工我来做哟

谁知他是补墙的呢推磨的呢

还有些人，就说松软可口蓬蓬酥吧

香粉沃特的货郎也够聪明

都已把祖传的叫嘈改编为如歌的行板

卖报的天天有惊人消息

那边法国人的一点点动向

这边听起来已经兵临城下

然而要论女皇安妮朝那光景

有人全不理会伦敦街上的音乐

曾听说这样一位贤明绅士

他拿钱给那纸牌算命的卜者

请他莫再到此条街上来叫喊

明天一早，所有伦敦的卜者

都嘹亮地徐徐行过绅士的家门

爱迪生时代的伦敦就这样

（充其量一八四七年到一九三一年）

参自约瑟夫·爱迪生（Joseph Addison）的一封信

1989

我辈的雨

答柳田国男君

驿夫用了清晨的声音

连连唤着,车轮转着

一路全无记忆的站名

可知还未行近三原丝崎

揭高帘子,隔着三町路

暗绿的山林显然茂密了

下着像我们小时候的雨

长长直直银灰的,画也画得出

说雨也有朝代未免可笑

实在因为山围着,又没风

在东京等地见不到的呵

木栅外,两片田塍

再过去是中等模样的农家
板廊上三个小孩
显出玩够了的神色
坐着,看这边的火车
火车过后看什么呢
我的老家是小茅草顶房子
杉树皮作屋檐,板廊很高
高了,说对小孩有危险
用浑圆的粗竹做扶栏
又将竹水溜挂在外檐下
看雨的乐趣不就减少了吗
直到那年份,普通人家
屋檐下都没有竹溜的
泥地面水滴成洼,排列着
静等,雨一来都是小池潭
细的沙碛溅聚在旁边
我们那时候以为水泡便叫檐溜
下雨的日子,村里走走,都唱
檐溜呀,做新娘吧

衣橱梳箱买给你啦
小孩见两个水泡挨在一起
就这样凝视着，唱着
一个水泡忽然破灭
小些是新娘，新郎大些
下雨日子伏在板廊的栏杆上
我们唱，许多新娘新郎破灭
许许多多水泡泛起，挨近
银灰的长长直直的雨画也画得出
山围着，又没风，我们年纪小

1989

夏末致 Pushkin

时光在欢乐和忧愁中流逝

已是八月

奥温炸鱼餐馆后面的田野

歪歪扭扭三行篷车

鸡笼般的小车

叫作活动房屋的大车

田野尽头,一堆疹子似的帐篷

倾斜的篱边可避风

天气好

年轻游客纷纷拥入舞厅

很多人排队等炸鱼

别以为成了繁华胜地

初夏

除却周末不见有谁来

潮水所及的最高点

一条废物罗列的大曲线

干海草,贝壳,木塞

沾着盐花的棍棒

它们沿英格兰苏格兰威尔士

整整绕了个大弧

每隔十二小时

海进来检查分界线

弄直了这里,弄弯了那里

也只是夏天如此认真

冬季怒涛滚滚

飘浮什物卷进内陆

似乎已是另外一回事

眼看八月将尽

独自越过分界线向海水步步走去

回望杂乱无章的村舍,沙丘

欢乐和忧愁,时光流逝

1991

从薄伽丘的后园望去
柏林墙拆毁有感

从薄伽丘的后园

便可望见文艺复兴已隐现在

花市情人们的决心里

立志不再屈辱于黑暗愚昧

用官能的新法,去抵触,反抗

南欧北欧,都一样

为了忘却和修复

忘却业经身受的罪恶

修复中古人破碎的心

一个贵女辩解道

我,我们这样躲到乡间来

在此地可以听到鸟的叫声

看见绿的山野，海浪般涌动的麦田

深深浅浅各色乔木灌木

我们又可以远眺广袤的天空

难道，难道不胜过污秽的街道

阴闷的斗室，荒凉的城堡

正是这样，薄伽丘，妥玛肯比斯

都想从自己内心起

凭借与天主的神交

整合普遭凌迟的精魂

知道花市情人们都下了决心

其实自己先下了决心

在后园，踮足引颈，已望见"再生"

1989

兰佩杜萨之觋

I

谈起了永恒的西西里
谈起了岛上的自然物
迷迭香芬芳
梅利利城蜂蜜滋味
怎样在埃纳,赏五月的风
吹得麦穗阵阵翻浪
谈起了锡拉库扎周围的古迹
也谈起巴勒莫,六月
某些夕阳西下的天色
空中弥漫柑橘花的好意
还谈卡斯特拉马雷海湾

迷人夏夜，沉静的海映满星斗

仰卧在乳馨黄连木丛中

一任灵魂逍遥不归

肉体却紧张如云石雕像

明知魔鬼正步步逼近

而你，吾爱，你必先魔鬼而至

Ⅱ

像往常一样

夜晚出去散步

沿伯苟大街而向下

穿过威武的维托里奥广场

河边，奔腾的水，近处的山丘

春天来了，压抑后激荡的季节

岸上第一批丁香花，草丛多潮湿呀

大量海藻长出来

月明如昼，鱼群嬉戏水面

这些都不是为希腊文考试不及格的人而设

不能表明你知道所有希腊文的
不规则动词的祈使式是怎样在变位
那就糟,你对希腊的现状熟悉
你熟悉的并不是希腊人的文化
却是他们的动物本能
我们下去划船吧
海水的颜色多像孔雀毛

意大利的朱塞培·托马西·迪·兰佩杜萨(Giuseppe Tomasi di Lampedusa),出身没落贵族家庭,第一次世界大战期间为陆军军官,一九二五年退伍,从此侨居国外,以此表示蔑视法西斯政权。第二次大战后他有了写小说的念头,三年内成长篇一部,短篇数个,就溘然永逝。评论家为之定位于当代最伟大作家之列。著名短篇 *Lighea* 是介乎现实和超现实之间的小说,愤世嫉俗,孤芳自赏,盖与中国的末代飘零王孙,境界颇为相似,贵族到了没落阶段,益发显得贵,因而愈见其凄凉没落。日昨重阅《莉海娅》,觉得有些诗意夹在小说中很委屈似的,便挑出来试加凑泊,所费一夜晚,我想是值得的。并非自己喜欢这两首诗,只以为,这是两首诗。尤以第二首的后半,写的时候很惬意,可惜短,是无法长的,一长就要遭缪斯的白眼,我怎敢惹恼她。

1991

圣彼得堡复名

像一九一七年底

彼得堡店铺橱窗里

那块腐败的蛋糕

难得固然是难得

算什么呢

其时,这批会生活的俄国佬

手制出特种小火炉来

诨名"细蜜蜂"

讲究些的竟也能焙烤

咖啡渣做的薄饼,甚至鱼饼

还有叫作"雾眼者"的灯

一个铁皮罐子

盛了葵籽油,安上纱芯

就此得到半壁惨淡的光

而今一九九一年十月

撩起这类事,才真有点儿意思

噢噢,战神广场,天鹅桥

夏花园,汹涌墨黑的涅瓦河

我的圣彼得堡哟

巴黎暮春淡蓝烟雾

香草味的宁静,忧郁

溪水淙淙流过街边

去你妈的

去你妈的爱不爱

做犹太人,做布尔什维克

腌猪肉,熏鳗

泥坛家酿伏特加,杂煮蛋

克鲁泡特金想充 Saint Nicholas

鹿橇上装的是天堂老牌田园梦

一无阶级,二无政府

尽是诗,尽是罗曼蒂克的疙瘩

什么，什么
基本动力首在对人类的爱
普希金偏心于布加乔夫
司京卡·拉辛，俄国史上
最解风情的一位壮士
拜伦却眷昐乌克兰，乌克兰的
哥萨克军领袖玛士帕

噢噢噢，克鲁泡特金式的暖房
屠格涅夫型的年轻妻子
暴风雨过去后
小屋檐前一潭阳光闪烁的积水
鹰隼在蓝空回翔悠鸣
樱桃沉甸甸
伊凡，伊凡
阴霾漂亮的脸
髭须是玫瑰色的
聪明绝顶的人才会说
只有非常狂热非常残忍的家伙

方能生出这种玫瑰色的髭须
捷克农民在饲养圣诞节吃的鹅时
嘟囔道，最肥一只要留给俄国人
今年伊凡不再骑坦克来取肥鹅
随你怎样说
作为冬季情夫，伊凡是够味的

我劝高斯

头等舱沉闷

铁路公司广告牌

阿尔卫桥

夏蒙尼冬季运动会的招贴

比窗外的海可观

不像美国那样一味猛驰

这列车不蔑视慢动作的人

喷气

吹下棕榈上的灰尘

冒出碎烬

混入菜园干粪

探身车窗外

伸手摘花,可能的

出租汽车司机打盹
大道那头是赌场
店铺很漂亮
火车又要半小时后才到
十字路口联盟咖啡店
树影摇曳在桌上
其实黄昏了
乐队奏尼斯嘉年华会会歌
买法国时代报
星期六晚报
橘汁
俄罗斯公主回忆录
一八九〇年代礼俗多道地
眼前法国人空洞又腐败
乐队好哀伤
弄得回旅馆也像回家似的

十年前,四月

书店杂货店关门

东正教教堂上锁

甜香槟搬入地窖子

等待俄国人再度光临

我们下个季节就回来

这句话是梦话

从此一去无踪影

海水艳丽

像童年初见的玛瑙髓

乡村咖啡店机动钢琴铮铮钪钪

转弯

两旁越趋黝黯

绿荫颠连扑向旅馆

月亮

高渠废墟之上

橙红扁胀的月亮

旅舍后坡有舞会

音乐和月光

那又怎样呢

临末的两个早晨不跟别人在一起

早

不管您有没有晒斑

昨天为什么不露面

来这里多久

没多久,在外国久,三月初

西西里上岸,慢慢住北移

肺炎,在养病哪

怎么会的

游泳坏事

哪有这样的

流行性感冒,自己不知道

可喜欢这里,这地方

非得喜欢吗

去年我劝高斯

留一个厨师

一个伙计

一个调酒的

没赔本

今年生意更好了

你们不住旅舍

我们盖了房子,在塔姆

为什么

北部的　都被俄国人英国人看中

我们一半来自热带

停,就停在这里

送别的有

潘狄雷·弗拉斯哥先生

彭奈思夫人

珂林娜·麦东卡·帕希夫人

还有上星期才找到的爱芙玲

其他

蚝夫人

S．肉先生

国籍也不知道

1991

海岸阴谋

十年前
四月份英国客人北归后
就没什么了

附近淡漠的平房
旅馆顶上望见五里外
康城松林
十来幢古老别墅
粉红　乳白
最远紫黛阿尔卑斯山

海岸正面
棕榈群绿得要发蓝

其前，短而耀目的沙滩

水天相接
商船缓缓西行
摩尔山脉低峦蜿蜒公路
汽车喇叭声
这山脉
才真的隔开了普罗旺斯

三个英国保姆
维多利亚朝的花样
徐徐织进毛衣里、袜子里
浅水带，孩子追鱼
鱼不怕
绕孩子的脚急急游

条纹阳伞下虔敬烤肉
香味接着香味

我们以为你也参预阴谋

有个阴谋吗

艾勃姆斯老太太便是阴谋的化身

上帝

来了很久吗

才一天

整个夏季都在这里

你便看到阴谋开展

我说浮台那边

浮台再过去那边有鲨鱼

吃掉从胡昂湾来的

英国舰队的水手,两个

天哪

是舰队抛下的垃圾招引的

我想告诫您

头一天别把皮肤晒坏

不过这沙滩上规矩也真是的

在索伦多就认出您

还问过柜台

正午阳光统占海和天
康城岸起了蜃景
黄红的帆斜斜驶入
从深青的海推进一条白浪
这厢,阳伞下有些声色活动
其他平均梦着,凝着
知道什么时候吗
一点半
全天中最难挨的一点半
没纸烟

戴骑师帽
抓着瓶子
几个小杯
这阳伞到那阳伞
近来了　闭眼
再微启

两只模糊的腿像柱子
柱外,沙色的云,酷热苍穹

我说浮台再过去那边
有<u>鲨鱼</u>
辨不出谁,腔是牛津腔
英国舰队的水手,两个
它们是舰队抛下的垃圾
引来的

1991

雪　掌

再不出去

也许就停了

温带的雪

停了便融化

附近樱、槭、苹果树

繁枝积雪如礼仪

雪的恬漠是恣肆的

轻轻率率精巧豪奢

业已飘扬过一夜

仍然弥天而下

晦昧彻敞的雰围

异乎晨曦暮霭

柔和酥愞，似中魔法

(雪的高洁是谄媚的)

多年未见大片平坦的雪

这 Estates 布满树和屋子

唯教会那厢空廓

两个士敏土广场

分处于楼群的前后

我惯从后坡拾级而上

穿出一排灌木林

经过圣玛利亚的脚下

便是方形的淡灰的广场

周无草木,终年素净

未曾遇见僧侣修女

凡属不可能邂逅人的地域

经过次数多了

俨然自成隐私

一旦遽尔与人相值

惊骇、厌恶、溃败

可喜这后广场至今犹是

我的贞吉的私人广场

(往昔,我有过私人海滩)

前广场是公共的

礼拜日教友们集散之地

后广场没有车辙足迹

白雪使它显得更宽阔

在中国江南,此名春雪

春雪不足玩,儿童鄙视之

何以北美的春雪滋润如腊雪

我举着伞,感到有谁注视

四顾杳无人影

复前行,诚觉有目光射来

收伞,仰望南边的三层楼

中层的长排大窗的玻璃上

贴着许多小手(竟是 Class)

手掌平按玻璃上,五指大张

我把伞充作拄杖

仿照卓别林的步姿

摇摇摆摆横过雪的广场

回身挥伞,以示告别

玻璃上的小手们更密了
（孩子的另一只手也贴上来）
我自己的心中也并未满足
在雪地上我该弹跳、旋舞
跌倒爬起，这样三次
可见查理是动辄慷慨
我却一贯遇事吝啬

         1990

明人秋色

涧上置桥

高壁成城

相围如一瓮

树色彻上下

波声为石所迫

人不能细语

桃花方自千仞落

亦作水响

众山纷纷委于壑

松柏随山下伏

偃然若荇藻

道有级路

趾斜垂，宛蚁缘

人与云遇于途

云不畏人

趾穷，坦平得寺

亭午弄旭

淡似夕照

入丹霞寺

栋宇飘摇

欲及客之身

自此以上

云雾僦居

冬夏一气

屋往往不能自坚

晴漾其里

云缝其外

上如海

下如天

幻冥一色

心目无主

觉万丈之下

漠漠送声

久之

云动,有顷

后云追前云

不及,遂失队

众云乘其罅

绕山左飞

飞失日现

天地定位

下界山争以青翠供奉

四峰淹然弗起

远江近河

咸作丝缕白

宿上封寺

云有去者

星月雍穆

磬声不壮

又望于郊庵

云顶一二片定者

的的见缥碧

又望于道中

群岭磊历

是前山

非郊庵所望缥碧者也

残阳接月

锦雯四散

朱光落射

红在莲叶下伏

已而尽潭大艳

明霞作底

有舟自邻家出

与阁上相望者

往来秋色

  谭元春铭参东坡，记摹郦注，清心俊语，辄散人怀。或曰有好句而无完篇。爰录其九则，删伤固所不免，简练揣摩，呵度胎息，庶几玉成，乐在其中矣。世谓竟陵体者，毋多道，友夏诗才亦少见于绝律，而每见于斯。

1997

波斯湾之战

晓色净明

昼午一碧无云

向晚天空苹果绿

屋后雀噪不已

波斯湾战争初三日

智慧型武器作秀

夜袭美丽得芭蕾似的

巴格达像一棵圣诞树

双方骂魔鬼，魔鬼

阳台愈静，愈若水

若婴，若处子观脱兔

微风清寒骀荡

春善预告，春富隐私

浅草涵翠乃去秋遗意

木栅内犬吠猖猖，行人络绎

上街买新闻纸，水果

战争是多情的，孙武知之

克劳塞维兹知之

兵法家手中拿着水果刀

花店的大玻璃上贴出

纷纷的纸剪的心

想一想情人节也真近了

惟记忆之繁缛令我深感富有

我富可敌国的记忆啊

克劳塞维兹（Carl von Clausewitz）十三岁从军，参预普法战争，又曾与鞑靼人周旋沙场——鉴于军事上虽接连称胜，政治上却并无裨益，幡然覃思，乃著《战争论》，以明战争之理念。闻此书现正为白官主者们所阅读，美国军校师生亦相率崇敬这位一百六十年前的柏林大学教授，盖西方人向来是昧于兵法的（然而像不常吃药的人，吃起药来特别灵）……战争必要有目的——和平年代尚且"目的"迷茫，战争反而会使人知"目的"之所在吗，当今的一国一族一洲的一时之见，都只限于自身的功利企图，摆脱现实困境的权宜部署，眼看这样的短程奔波已是一路险象环生，即或差强如愿，也仍然成了下场战争的滔滔伏笔。克劳塞维兹以为"军人应听命于文人"，文人在历史上极少有机会指挥军人，况且能剀切驾驭军人的文人也实在罕见，而军人熟读兵法亦不即是文人，那么，克劳塞维兹庶几军事上的理想主义者之俦乎。再者何谓"战争是多情的"，君不见凡烽火一起，人伦忽然甜柔了，"我的儿""我的丈夫"，生命是无价宝，战争带来普遍的顿悟，黄丝绦在栏杆上树枝上飘，平常是见不到的。战争必有双方，正义与非正义仅仅是比较而言，愿中东局势由盟军凯旋而世界勉为祥和，虽然这种祥和一直是充满戾气。

雅诰撰

冬天已去
阴雨消退
我骑着骏马
涉河而行
愿你知我前来
我思爱成病

春风扇扬
花木如锦
容我见你面貌
聆你嗓音
你的嗓音柔和
你的面貌秀媚

无花果红熟

葡萄发着芬芳

青草为榻　柏树为帐

莫要惊动

莫要唤醒我爱的

等伊自己愿意

我良人

我爱

我的佳偶

你美丽　全无瑕疵

你舌下有蜜有奶

你的脚趾使我迷醉

将我按在心上

犹如朱红的记印

题在你臂上好似刺青

我每夜来

像羚羊小鹿
欢奔在乳香冈上

天起凉风
日影飞去
我们快要离别
我将再来
左手放在你头上
右手将你抱起

在维谢尔基村

维谢尔基的农舍一色瓦房
还是他们祖先手里盖的
像这样的庄户人家都养蜂
都喂着青灰的比曲格牝马
打麦场边辟有方正的大麻田
麦子密又壮,黑压压一片
场上耸着烤房,禾捆干燥棚
屋顶茨草铺得像刚梳过的头发
谷仓和库房,铁门安装严实
里面是粗麻布纺车新皮袄
嵌有金属饰件的马具铜籀的斗
门上和雪橇上用文火烙了十架
顺着村子揽辔徐行,止不住要想

人生之乐莫过于割麦,睡在麦垛上

清晨,村鸡还在引颈长啼
没有烟囱的农舍冒出散漫炊烟
光秃的树干矗向澄蓝天顶
园内凉气涩重,透过淡紫的雾
可以望见旭日是从何方升起
吩咐备马,跑向池塘边去洗脸
柳枝下的池水清莹见底冰阴彻骨
瞬息间驱尽了一夜的昏昏慵困
回来,穿上干净的麻布衬衫
套上打着铁掌的结实长筒靴
奔到厨房喝汤,吃火热马铃薯
黑面包醋渍菜又是红汁格瓦斯
餐后,穿过维谢尔基村去打猎
臀下光滑的皮鞍,绝妙的快感

九月杪,果园打麦场空廓了
也是这个时候天气发生骤变

大风整日摇撼树木电线栏杆

雨一阵斜掠一阵直击就是不停

傍晚，西天落日的金光穿出乌云

空气洁净明眸，枯枝都亮了

风并没有停，骚扰着果园

扯碎从下房冒上来的缕缕炊烟

落日的余晖熄灭，果园晦暗

像扇小窗那么大的一块蓝天闭合了

雨又洒下来洒下来，潇潇淅淅

俄而越下越紧风也更猛

真的很快转成暴风和滂沱大雨

使人怔忡不寐的黑暗长夜开始了

一进十月，雨霁日出

天天寒意袭人，青穹万里无云

经风雨而未掉落的树叶还不少

再要好几场雪才会脱尽

果园在蓝空的背衬下晒着太阳

静等冬尽春来，时日漫长

田野已翻耕过，乌油油极目连天
分蘖了的越冬作物增添泥土神采
道路被大车碾压得平滑如钢轨
两旁斜下来的冬麦翠嫩欲滴
打猎的季节说到就到得眼前
放出灵猩顿河马，备鞍，角笛挎上肩
黑林，红岗，响岛，这些地名
这些地名已够猎人心痒难熬

1993

指纹考

鸟兽随风行动

潜步狩猎

最好迎风搜寻

波利尼西亚的航海者

偃伏独木舟中,闭眼

抚弄被风吹送的波涛

就知晓远处岛屿的方位

因纽特人,天空白茫茫

霰雪掩没地上一切标志

他们依循气流,顺利往返

我友罗士,他是船长

听风吹帆索的声音

预卜风暴何时来临

从前的城市街道

按东—西或南—北而建设

此乃指南针定风向之迹象也

即说屋顶风信鸡的时代业已过去

以色列春季干旱热风使我暴躁

德国，阿尔卑斯山吹来浮恩焚风

起先我胸口还不大觉得作疼

加利福尼亚州南部圣安娜焚风

使我的床友情绪低落了两昼夜

纳瓦霍印第安人有一首诗

咏叹手指上的旋纹

天神制造先祖的时候

风吹过，风尾留在指头上了

犹太、阿拉伯、希腊、罗马

他们用语中的"神灵"

都是从风字转化而来

伫立在夏威夷考艾岛上

夜，吉拉尼亚灯塔亮着

一阵一阵，风从北方吹来

我闻到中国的腐,日本的腥

1990

波尔多的钟声

予尝修表有祭于蒙田先生之灵曰
作为怀疑主义世家趋奉款款叙旧
四百年前一大败笔在乎先生请了神甫来
做成那件常人不免先生可免的事
予生也晚未得婉辞进谏且亦非只劝阻
希望和可能是败笔遽然转为警句呜呼先生

昨夜雨后凉静启阅法兰西馈赠之全集
悲喜参半似闻波尔多钟声频传
"我的思想是不屈的虽然我的膝盖如此"
意气拳拳恍若陈酿出窖瓶碎石阶
嗟夫哥列高里十三何足惧何足道哉
薄伽丘把教会的罪孽归于上帝

回诵遗篇我心寒哀俄顷稍转煦悦
多谢先生坦荡留言四百年后乃有所思
嗣继者重陷困惑则前驱者又何苦来
歌德垂暮作此太息亦唯爱克尔曼一人在座
仰先生思想之不可屈惜膝盖之不尽然
安息吧波尔多钟声为您悠扬我听到了

即使自然也并非是一位好心的领路人
怀疑世家之苗裔每与自然交媾中断
人哪诚是一个变化无常溶漾不定的东西
剀切的裁判你仓猝乏术四顾因起彷徨
我裁判了您恰如我将被裁判呜呼哀哉
乐事正赖于斯而非赖于彼伏维尚飨

1985

索证者

锦盒合时,搭扣的一响
饼干光致的细孔
港埠晨曦淡淡密立的樯桅
秋午晴,坚果堕地的弹跳滚动
山庙斋厨石槽边的海棠花
市镇小巷黄昏炒青菜的油香
雷雨后打靶场四周的水田蛙声
灯烛熄前,礼节性的亮了亮
乡村车站杂货铺褪色的糖果
水手们说腻了又丢不掉的脏话
幽谷,很快直升到峰顶的白云
稻草堆间红晕的脸,颈上的汗
旧货摊暗暗夺目的廉价神品

少女如泻的秀发,天文台的蒲公英

雄孔雀金碧辉煌的荷尔蒙

童稚全真的假笑,耆翁偶现的羞涩

南极落难的青年梦中的花生酱

宫廷政变老手寥寥数句的优雅便简

理发店奔出湿淋淋的半人马

阳光普照,成熟麦田伟大的黄

莽汉动情时颊上妩媚的酒涡

寂寂佛胸的卍,猎猎盗旗的卐

冬日旅途,烟斗微弱而持久的体温

腊肉悬在阳台风日中的渐悟

大战后只身提箱来访的情人

食物刚煮熟时悦目的和善

它们,她们,他们

每有所遇,无不向我殷勤索证

塞尔彭之奠

鹭鸶身子轻,大翅膀不甚方便
鸽群中常有把两翼相击于背上的
斑鸠在别的时候飞得果然强快
春天却摊着羽扇老是像游戏
雄的翠鸟交配期间忘了从前的飞法
金雀也整日慵困不想多动的样子
鱼狗形似杜鹃,迅若脱弦之箭
黄昏,鸥鹈流星般闪过林梢
家燕贴水轻掠,打弯敏捷娴雅
雨燕团团急转,岩燕左右摆荡
许多小鸟一抖一抖忽上忽下前进
英国南部,这是嘉木繁生的优美教区
塞尔彭,留连不忍离去的村子

我缅想怀特,无名的代理副牧师
遇事谦逊,没有野心,不,一点也没有
他的肖像是捺印在各株青草尖的
傍晚,我听着他曾听过的鸟叫
知更鸟,山雀,燕子们,以及麻雀
一小群金雀停落榛树上要栖宿了
我站在这里,它们不安,飞到顶枝上
琥珀色的天空映得它们变成黑点
惊惶的叫声仍然曼妙柔和
而今多了对怀特的记忆,就是我的眷念
墓地的草丛中我摸索又摸索
希望寻到纪念物,有关他的随便什么
这个后来是找到了,不很大的墓石
须得跪下去,把遮在石上的细草披开
犹如我们看小孩的脸时分拂他额上的乱发
石面上刻着姓名的头字(没有琼生所说的
吉耳伯特·怀特 先驱 诗人 文章家)
只有"1793",他辞世的年份

谨以怀特（Gilbert White）自己的文句及戈斯（Edmund Gosse）、卡尔佩伯（Nicholas Culpepper）、赫德逊（W. H. Hudson）他们的一些小节或单句，和合为这首诗，我是因之而感动的。赫德逊写怀特，真写得好，当时已相隔百多年，现在快要两百年了。我幸于乐于为公有的人类文献（human document）复此一笔，忝证"文学"无疑是初比今夕何夕的时鲜，而后比执手偕老的永恒——以前，多亏是这样，以后，也许"永恒"只到我们，再以后，就不知道了。

1990

道院背坡

道院背坡芊芊芳草连绵
碧绿地这样斜下来就是路了
长埭乌漆铁栅为界,禁止逾越
路畔一枝树,一枝树(枫科乔木)
隔着树干、铁栅、森森叶丛
阳光下的大草坡明艳圣洁非人间
近周家宅、车辆,草坡自领清虚幻意
刈草者巡回推机之日,幻意顿失
亦是我一己苶弱无聊的缘故
或说那非人间的幻意原也羸薄
不经刈机震声和工役形状的冲克
(每年都见别处的草坪先呈秋瑟
这片斜坡绿得近乎童贞的呆愕

白帽玄裳的修女们来扫除飞积的黄叶

过后，斜坡仍复青青，时已初冬）

昨夜雷雨浥尘，暑气一夕尽消

夏令濒末，蝉尸跌在地上

日照斜坡群卉鲜妍水珠闪烁

一只猫——直奔下来……

猫在追捕，松鼠在前逃窜

松鼠上树毛色与树皮相混倏而失踪

猫蹲伏树下，草坡明绿　肃静　空廓

刚才划过一黑线，一灰线

黑线长　猫，灰线短些　松鼠

先后划到树干为止，灰线隐没

黑线蜷成黑团，凝定树下不动

我是从路的这边望见的

愿猫逮着松鼠，愿松鼠脱险

（两个愿同在我心中

其一如愿，必得另一不如愿）

猫正追，松鼠正逃，两愿紧紧并扣我

这刹那的心情，如若持续无限延伸

就是上帝的,上帝的心情

我惊觉与它遽然 touch 了一瞬

立即缩为早餐后要去买报纸的凡人

夏末的阳光下草坡舒坦幽倩

坡顶道院石砌的高墙窗户严闭

修女们在阴暗里读经　祈祷　悄悄移走

不知今天早晨有上帝的心情掠过屋后草坡

　　　　　　　　　　　　1989

共和国七年葡萄月底

I

"我的天"
旅馆主人听见马蹄声
便到门口嚷道
"我的天,先生
再迟一点儿
您就得像大多数的同胞
要在安德纳赫对岸露营了
敝店已经客满
如果您一定要睡一张好床
我只有把自己的卧房让出来
您的马,啊马呀

我要在院子角落用草料安顿它

今天我的马厩里住满了基督教徒

先生是从法国来的吧"

从波恩来

从早上起就没有吃过东西

Ⅱ

客厅里烟雾升腾

慢慢显出火炉时钟桌子

啤酒壶长烟斗犹太人的脸

德国人的脸船夫的脸

法国军官的肩章闪耀不停

刺马距和军刀在作响

有些人玩纸牌

有些人争论

有些人默默地吃喝

那胖妇,黑天鹅绒无边帽

蓝绸衬衣,针线筒,一串钥匙

银扣子,大辫子

明白无误的旅馆女主人

她很有技巧地使我等待食物

一会儿十分耐心,一会儿耐心全没

客厅里的声音渐渐低下去

人们走了,烟雾消散

传统的莱茵河鲤鱼放到我面前

Ⅲ

寂静

马嚼秣料的声音,顿足

莱茵河奔流

某些房间响起质问声

又安静下去

店主在吹嘘安德纳赫

吹嘘他的酒,共和国的军队

什么船靠码头了,沙嘎的吆喊

店主急急忙忙走出,不久就折回

带来一个英俊的青年,两个船夫

"到你们船上去睡吧"

店主对船夫说

"旅馆早住满了

算来算去还是这样最好

吃呢,我连半块面包

一根骨头也拿不出

腌菜,填满我女人的顶针眼也不够

已经对您说过了,先生

除了您坐着的这张椅子

您不可能有别的像床一样的东西"

IV

我要求打开面对大门的窗户

可以换换空气

客厅太热,苍蝇又多

这窗户用铁条闩着

铁条两端插进窗台左右的洞眼里

护窗板上装有螺帽,可以旋进螺丝去

我呆看店主怎样打开窗户

女佣走过我身边,行个礼

她大概到牲口栏或谷仓去睡

店主和妻大概要在厨房过夜

院子里两条大狗,吠声如豹

很容易发作的守卫者

多么静,小城的夜晚

店主关上大门

只有波浪拍岸的声音

我邀请那青年共餐

他姓赫尔曼

我是想说,照例又叫赫尔曼

V

店主的妻认为菜已上齐

她以女主人的身份

向大厅和肴酒扫视一眼

回厨房去了

没有听到她就寝的声息

不多久,我和赫尔曼谈话的间歇

传来鼾声,她睡的阁楼是空空的

鼾声格外雷辊般地威武

我们相视而笑

已近午夜

桌上只剩饼干、奶酪、硬果和酒

谈故乡,谈读书,战争

他是毕卡尔迪人

诚然直爽,善良,多情善感似的

VI

他在说

"我母亲,安睡之前

背诵她的晚祷经文

她一定不会忘记,一定会问

我可怜的孩子到了哪里了呀

她赌钱时常赢,赢女邻居的
就把这几个苏投进大红瓦罐中
她要攒一笔钱
买进坐落在勒舍维尔的一块地
面积三十阿尔邦
大约值六万法郎
真正是一块好牧场
假如有一天我能得到这块土地
便在勒舍维尔度过我的一生
再也没有别的野心
我父亲曾经多少次想得到它
还有那条蜿蜒流过草间的清澈小溪
他死了,没有来得及把这块地买下
先生,你也有你的 hoc erat in votis 吧"

VII

莱茵河两岸
美因兹与科隆之间

地质肥沃，富饶，崎岖不平

路易十四和都兰纳伤害过它

还是森林密布，郁郁葱葱

丛薮的凹处，岩石的间隙

眺见莱茵河，湍流喧嚣

自然的植物比凡尔赛的国王更傲慢

我俩几乎是沿着山羊辟出来的小径而走

周围全属于秋阳斜晖的特有的静

狭谷的另一端就到了安德纳赫小城

那些房子像放在篮子里的糕饼

中间只被草叶和花朵隔开

草叶就是树木，花朵就是他们的园圃

我们欣赏有突出桁梁的尖屋顶

木楼梯，和平居民的阳台

港口，波涛晃荡着一只只小船

赫尔曼是萌芽状态的牧场主

明天这时候我们已在各处了

今儿晚上还要喝麦秆色的琼尼斯堡葡萄酒

日耳曼式的诚恳，条顿族的胃口

偏与支那的玄想清谈十分协调

也许，还是靠他飘蓬的金发纯熟的拉丁语

促成我们相爱两宵和一整天

共和国七年葡萄月底

用目前流行的话来说

一七九九年十月二十日至二十一日

                              1992

槭 Aceraceae

槭是落叶乔木

叶对生,掌状分裂

我说七裂居多

你说常会分成十一裂

裂片尖锐,有锯齿

你就麻痒痒地锯我

锯得我啮你耳坠,吮吸

吮吸到四月开小花

第一次伏上来满身是花

果实双翅果,平滑

你的翅是劲翅,扑击有声

你用翅将我裹起又塌散

槭的果翅展开为钝角

尖锐的快乐是钝钝的

全身都钝了，尖锐了

果翅借风力去布种

你借南风，你不会布种

岂仅是槭，你还是槭科

双子叶中的离瓣类

是吧是吧是温带产吧

温带产尤物，善裸裎

要我兀立在树荫下枯等

看你单叶复叶又缺叶托

你的花时而两性时而单性

花序此也穗状彼也总状

萼片，花瓣，皆五页

五个手指，你自嫌手指短

短手指的命运是慵懒的

你反来机巧地喋喋复喋喋

萼片和花瓣有时只四页

你缺了的，我细细赔

雄蕊八个，雌蕊一个

找到了,子房上位有二室

找到了胚珠,两粒

早已说定你的果实是翅果

你的种子忘了胚乳

我周围太多草本情人

来一个木本情人吧,你

我只要风和日暖观赏你

槭材要做成器具到市场去

你要去就去,明天才许去

享尽这槭叶丛里的饕餮夜色

1993

萨比尼四季

眷悦精巧杯盏,自斟旨酒
或以冰镇或就炉边沁温
在萨比尼,每日我与邻人会聚
如果从亲友家宴罢归来
两个少年陪伴我缓缓步行
前面的持火炬,后面的吹笛
人问苏福克里斯,你还有无欲情
神明保佑,他回答道,我终于
万分侥幸地从它那里逃出来
像摔脱了暴怒的发狂的主人
即使是看安彼维乌斯演剧吧
前排观众享受逼视的快乐
后排的也快乐,而且免于吃灰尘

忆当年，陆征水战攻城略地
班师振旅凯歌入云，诚是壮观的
平静，整洁，闲适，更宜度此余生
朝朝暮暮仿佛若有隐瞒的吉庆
八十一岁的柏拉图临终时纸笔在握
伊索格拉底写泛雅典娜节辞行年九四
倾心作悲剧，苏福克里斯神思恍惚
儿子们上法庭控告他贻误产权之传递
他出庭朗诵《俄狄浦斯在科罗诺斯》
陪审员齐声击节称赏，判他清健无辜
且休吟咏这些神圣大业，哦
可依恋的莫过于萨比尼的四季田园
收获固然畅洋，播种尤其殷切
泥地以松软的胸怀接纳了无数宏愿
便用潮润和偎抱给麦籽洽暖
默默膨胀，滋苗柔嫩而强旺的芽
由根须撑着，秧苗挺上带节的茎
尖端有叶鞘包簇，形状威武忠贞
叶鞘日日升高，从中婉然抽穗了

无限希望的麦粒序列严整，他们是主
芒刺四射作卫护，以防小鸟侵啄
金黄的麦芒在月光下幻成一片银雾
为什么我还要替葡萄作传记呢
须知土地赋予各种植物的力是神力
况且切枝、插条、压根、嫁接
不使人一番惊喜又一番惊喜吗
葡萄天性荏弱挠韧，若无倚持
只好在地上爬了，求的是能直起
长出鬈丝，遇到什么便抓住什么
明智的园丁勤修快剪，毋使枝蔓过多
绿叶犹未全荫，葡萄悄悄结颗
阳光照着叶子果子一同昌茂丰腴
果子成熟，叶子遮着果子
意在不缺温煦，也免遭曝炙
还有什么景致比这更足怡情适性
库里乌斯的庄园离我处不远
每一眺望，便要称赞他守拙葆真
实在也是感慨时代的浮华风尚呵

库里乌斯独坐在火炉旁冥想

萨姆尼特人送来许多金子

他无言，他说，他总觉得

拥有许多金子怎能就算光荣

拥有金子的人都敬服你，才真光荣

仅只光荣，幸福终究来自美德

不想把话题扯远，再叙农事吧

田园的乐趣四季徇顺更替

既可颐养天年，又得奉飨神祇

我几乎要与雠敌们和解了

举凡诚悫劬劳的祥和人家

库房里贮满酒瓮、油坛、粮囤

庖厨充足，猪肉、山羊肉、绵羊肉

鸡、蛋、奶、干酪、大缸蜂蜜

得暇狩猎禽兽，熏腌忙碌一阵

还有个青翠菜园，每餐新新鲜鲜

要熙煖，明媚阳光，酡红的灶尨

凉爽，就在溪水转处，乔木之下

难得我也离家，孑身驰赴雅典观剧

进城入场，场内早已座无虚席

不见一个雅典人有让座的意思

我踱到斯巴达人中间

他们是使节，座位是特设的

斯巴达人个个起立，请我入座

全场对他们的行为鼓掌喝彩

一位斯巴达青年脸色沉沉地说

雅典人知道什么该做，就是不做

我回到萨比尼农庄，渐感年事已老

别人享受武器马匹游泳赛跑

请把羊距骨和骰子留给我

若使它们被拿走，也不在乎

没有这些玩意儿一样过得幸福

少不更事时很爱读西塞罗的散文，觉得他较战国的纵横家要好，好得多。之后四十年中就没有机缘静心对待这种门类的书。到了海外，贬诋西塞罗的论调屡有所闻，我想，古人若然对今人有坏影响,那是今人太坏了的缘故。近因作讲演笔记涉及罗马文学,将手边仅有的西塞罗著作翻阅一过,其中的《论老年》,与早先所见的同名篇竟全然不同,今者出自勒布(Loeb)古典丛书的《西塞罗文集》拉丁文本,记不起昔者是什么的版的了,好像很清楚其中有"积累智慧,将是你老年的甜蜜"云云,目下遍寻不得,却令我细审了这篇长文,几次感到作者音容宛在,忍不住抽取数节,锻炼周纳,罗织了此首八十余行的诗,耗时两个半天,譬如又去了昨是今非的罗马一趟。我还是认为西塞罗较苏秦张仪之流要好得不能比。

1990

末度行吟

一个幽灵,又在欧罗巴游荡
饥了食,渴了饮,累了坐倒路畔铁椅上
绿荫如盖,繁花似锦,行人止步凝望
听我弹琴吟唱,从前这里是怎生风光
哦城市,从前城市是个要塞,四周设防
碉堡,壕沟,瞭望塔,巍峨高墙
险凛凛的吊桥起落按时,嘎嘎作响
街道很少有直的,屋舍乱得颠沛仓黄
楼房,上层凸出,再上,又凸出
簇耸尖顶、棱角,兀自得意洋洋
看是果然好看,下面街道,终年不见太阳
石与木的世纪啊,民宅以木为主
火灾乍起……一片悲惨的辉煌

街道底层堆积货物，毗连都是商行
路口叠满包件箱筐，交通怎能快畅
就是地窨子，也把甬道伸到街中央
满街泥泞，不着木屐真够狼狈相
噢，烟囱，烟囱从来没有见过
家家门前干粪高垒，如丘似冈
庭院总有一口枯井，造井的年月不详
垃圾，秽物，死猫死狗……
往街上扔，扔，扔出便算清爽
牛羊猪鹅在街头缓步，见门即入
失主随时找上门来，宛如讨账
屋顶用草茨铺盖，三年五载更张
窗棂糊层油纸，要不就用破布一挡
夜来了，没有街灯，商店黑沉沉
室内羊脂烛只够半壁昏然照亮
夜行者要么自己提着灯笼低头走
要么出钱雇个持火把的瘦骨小郎
九点钟之后，都睡了，细听鼾声已响
剩下流浪汉、剪径贼、醉鬼、赌徒、迷娘

白天可真热闹呀，摩肩接踵，熙熙攘攘

有的用秤称，有的用尺量

有的巧言挑逗，有的恶语冲撞

俄而金钟大鸣，传来一片颂赞合唱

斧声、刨声、钻声，那是露天工厂

兽蹄达达车轮隆隆，小贩全凭一条好嗓

从针线到马缰、投石带、锁子甲、长短镖枪

逐件逐件叫出来，打动买主的心房

那年月，大家起得可早呵，夏天四点

冬天五点，下午三点歇工，闲逛

麦饼烤得正好，腊肠煎来油汪汪

商店喷出酸臭的热雾，缭绕有似密网

木材煤炭蒸烧所的焦味使人咳呛

瓜果、花卉、菜茎，连片霉烂在路旁

教堂飘出缕缕青烟，甜涩的异香

各种气味分得清，又混得迷离惝恍

邮件托给运送鲜肉的马车，车大骎骎

肉商资本雄厚，信用稳当

人们都以为正在享受舒泰、福祥

毡毯铺地板，花纸糊壁圹
瓷盘中放个雕刻杯，或壶或罐或缸
富家的厨房，铜锅白锡器皿闪闪生光
床是宽的，被褥已知用禽类的羽毛入囊
还有个华盖、暖阁、绸幔罗帐
就是不知道睡衣这么回事，不知道
男女老小都像脱壳的肉虫，蠕蠕爬上床
进食的叉子尚未发明，肉，预先切成小瓣
要不自己割了，用手指送入口腔
每个体面的家庭，鸟笼高挂，花盆稳放
花盆、鸟笼，是显示身份的徽章
画片是奢侈品，生怕败坏贞德伦纲
因之到处都是画片，暗地里纷纷洋洋
耳房，当时叫它臭间，天然肮脏
最为大众关注的首推公共澡堂，国是一桩
那里方才是社会，都要到那里去露露锋芒
吃点心，饮酒，奏乐，谈判婚嫁事项
财主在自置的浴室招待宾客，才算堂皇
舞会，箭赛，星期二忏悔日，中夏节

王侯的幸临增加不少话题，传遍街巷

教堂的圆顶主宰着白云苍穹

市府礼堂两面都有彩色玻璃长窗

四周是谷物交换所、布业商场、鞋业商场

贸易中枢，却在乡村寺庙的那厢

大的寺庙住着好几百人哪，什么人呢

不单是僧侣，还有小学生、游民和流氓

还有只待救济的凡夫俗子，枵腹枯肠

育马场、牛奶棚、羊圈、制酒局、面包烘房

马鞍匠、修鞋匠、浆洗匠、造刀匠、五金匠

还有果木园、菜畦、培植草药的专坊

新教徒训练所、刺血和涤净所、讲学的回廊

香客的宿舍、鳏寡孤独栖身的简陋寮仓

这些人哪，来自四面八方，穷乡僻壤

罗马的伟大道路已衰败得难认去向

可走的只有较宽的田野阡陌，总要运粮

人的足迹，车的辙痕，后来可循既往

虽然崎岖曲折，众生络绎不绝，项背相望

僧侣、修女、教师、学徒、佣兵、镖客、明妓、暗娼

传道士灰袍沉垂，鞭笞教徒苦行宏扬
巡回的优伶逗人嬉笑，贪婪的坐贾兼作行商
觅宝者虔诚而狡诈，犹太佬阴鸷而安详
高加索无赖、江湖郎中，伏魔法官装模作样
内地香客一脸正经，斜眼看人不慌不忙
那手持棕榈者已到过圣地，急于还乡
乞丐花样多，有的把傻卖，有的把疯装
有的染红衣袖，吊着绷带，活像新遭重创
也有佯闭两眼举杖叩路，可怜瞎子无依傍
几个残肢孩童跟着女雇主，一路哀哀叫娘
还有滑稽演员、丑角、侏儒，故作踉跄
走绳索的、变戏法的、动物腹语的
吞火的、饮剑的，说起来都是盖世无双
啊，行行日暮，总得寻找旅店的招幌
来到门前喊了又喊，才有人开窗搭腔
行李货物自己搬，店伙不肯相帮
一间生火的大屋，近百个旅客嘟嘟囔囔
旁边有个小室，脱换衣裤，不致鲁莽
生意兴隆，招待周到的首要标志是

每个旅客脸上身上都有汗水涔涔下淌
假如谁把窗户稍开，虚一缝
立刻有人大叫闭上，闭上，没话好讲
混乱中必有野汉小丑出现，仿佛破空而降
此种脚色最受宠，闹得头昏脑涨天老地荒
睡觉的角落，在墙壁凹处，刚够躯体安放
床上只有被单，六个月前洗过，何必撒谎
明朝起来，正如好船坏船总得解缆起航
人人都喜欢联合，先谋生存，再谋进天堂
盗贼协会、乞丐同业公会、邪教联谊会
娼妓和癞病者也有公会，会员应召如响
更有戮力反对发誓，专门祝福健康
那时候即使上等人，也信口发誓，出声琅琅
当面打嚏打呃，概不道歉，顾盼如常
男子穿戴，赛如土耳其雄鸡，斑斓轩昂
心照不宣的选美，中选的美女大抵魁梧肥胖
饮食势必是粗俗的，说来别嫌荒唐
肉桂、胡椒、豆蔻、丁香、番红花、生姜
无区别地投入肴浆，谁也不会懊丧

把胡椒和蜜糖掺和了涂烤面包

作为正餐中的点心,居然大受欣赏

开个菜单来看看吧,事情倒也毋须勉强

第一道:鸡蛋用蜂蜜番红花炒,再加酒酿

稷米,梅子烧雏鸡,葱包羔羊

第二道:炸鲷鱼,葡萄干油煎小鲞

萝卜焗家雀,胡瓜炖猪膀

姜片煨海鳗,芥子烹青鱼,连汤

或许,再开一张,姑妄听之,听之姑妄

第一道:杏仁粉焖羊肉,膻腥中夹着清芳

烤乳猪或烤鹅,榛栗百果填腔

第二道:糖米饭,炙鹿肉抹满辣酱

盐渍鳟鱼,由阿月浑子搭档

煮鲤鱼,或棱鱼,真像糨糊,太像

吃的当儿各选各的,也有饕餮家全份上飨

这些菜的配合真不雅驯有欠端庄

说到白糖,那时候价格高昂列为珍藏

青豌豆是难得有机会少量品尝

最爱饮酒,啤酒尤其兴旺,招饮呼啸若狂

保存方法不佳,酸哪,只好多加蜜糖
味道正宗的南部酒,是用作开胃的良方
酒是天国的泉,仙界的露,灵魂的春天池塘
酒是欢乐的药,催情的火,没有翅膀也能翱翔
唱到此,树下只剩我一个,暮色渐渐苍茫
说忧伤可真是,我怎好意思说忧伤
无非呵飘而不坠,哀而不怨,相弃而永毋相忘

　　对于十世纪上下的欧陆风俗景观,我自来怀有难于解释的偏好,时日愈久,想试试解而释之。也许他们那样的黑暗期,倒是窖藏了人的元气,才会有滂渤怫郁的 Renaissance——我对中世欧陆的偏好,并不就是这层意思,古老的房屋、街道,说穿了还是在乎住着走着的人,人则一向是莠多良少,那极少的良人怎样个良法,大致如此:周身朴茂溶漾的傻气,说聪明又聪明得可惊,时常慵困,出神……说来劲又认真来劲,美丽的茸毛间全是美丽的汗。这样的尤物只有在那样的世纪

才涵毓得出，维琪尔的牧歌中每见其雏形，而只是田园的、青涩的，可爱还在于手工业初期，成群成群的少艾青春。十世纪上下的欧陆究竟是不是像我所写的那样，谁知晓呢，同一意思，谁不知晓呢。历史者，道听途说，那道与途是指书本和博物馆。好持逆论的福里特尔（E. Friedell），他作《现代文化史》，旨在讽味新骨董，我抽剥了其中的若干细节，可谓心怀巨测，咏情诗而不涉情人的音容笑貌，尽描述情人出生地的风尚习俗，亦即是：想画鸟，鸟已飞去，画了个鸟窝。

1989·罗德岛

五岛晚邮

十二月十九夜

我已累极

全忘了疲惫

我悭吝自守

一路布施着回来

我忧心怔忡

对着灯微笑不止

我为肢体衰殚而惶惑

胸中弥漫青春活力

你是亟待命名的神

你的臂已围过我的颈

我望见新天新地了

犹在悬崖峭壁徘徊
虽然,我愿以七船痛苦
换半茶匙幸乐
猛记起少年时熟诵的诗
诗中的童僧叫道
让我尝一滴蜜
我便死去

十二月廿八晚

每次珍重道再见
昨晚,我悄悄遁去
待你察觉我已走了
起一瞬永别之感
你会猜知我在后悔
你猜知了
我的后悔便终止
又无悔地向你行来

不成文的肌肤之亲

太可能毁掉

你金字塔内的我

近月以还,憬明,迷茫

骤浓骤淡的悲喜交替

废园中枇杷花药性的甜香

严静,夕阳之美

以及我爱你

明知站在深渊边

一旦你摈我,弃我

也是福了的

不能爱,能思念

人被思念时

知或不知

已在思念者的怀里

自踵至顶的你呵

安息日,小径独步

枯枝刺满蓝空

树下一摊一摊残雪

滋润的寒风拂面

真愿永生走下去

什么也没有

就只我爱你

伤翅而缓缓翔行

除夕·夜

本年的晴朗末日

从别处传悉你的心意后

换了另一种坐立不安

飘坠般循阶下楼

投身于晼晚的寒风中

路上杳无行人

黑树干后遥天明若鎏金

斜坡淡红衰草离离

无叶的繁枝密成灰晕

邻宅窗前飘悬纸灯

门檐下铁椅白漆新髹

掌心烟斗鸟胸般的微温

两三松鼠逡巡觅食

远街车马隐隐驰骋

有你，是你

都有你，都是你

无处不在，故你如神

无时或释，故你似死

神、死、爱原是这样同体

我们终于然，终于否

已正起锚航向永恒

待到其一死

另一犹生

生者便是死者的墓碑

唯神没有墓碑

我们将合成没有墓碑的神

一月三日

何谓红尘历劫幸存者之福
忆往事，悲恸淡如野墟炊烟
何谓离群独归驱车若飞者的喜乐
为你，我甘忍凄怆，满怀熊熊希望
壮丽而萧条的铜额大天使啊
也许我只是一场罗马的春阴暴雨
还有几次，多少次，如昏沉昨夜
我举步维艰，沿城而行而泣而祷
先是你，绝世的美貌惊骇了我
使我不敢对你的容颜献一颂辞
怕你怨我情之所钟仅在悦目
崇敬你吐属优雅动定矜贵风调清华
无奈每当骤见你的眉目鼻唇
我痴而醉，喑而聩，直向天堂沉沦

一月六日

你尚未出现时
我的生命平静
轩昂阔步行走
动辄料事如神

如今惶乱,怯弱
像冰融的春水
一流就流向你
又不知你在何处

唯有你也
也萦了,懦了
向我粼粼涌来
妩媚得毫无主意

我们才又平静
雄辩而充满远见

恰如猎夫互换了弓马

弓是神弓,马是宝马

一月十日

梦想的是

在你这里,某夜

面对歌剧中聆到过的

百转千回直透天庭的一颗心

灵魂像袋沉沉的金币

勿停地掏出来交给情人

因为爱是无价宝

金币再多也总叹不够

一月十二日

遇见你后

情欲的乌云

消散殆尽

我对自己说

看这最后的爱

爱是罪

一种借以赎罪的罪

(拿撒勒人知道

且去做了)

噢拉比

我细小细小

只够携一个选民

拉比笑了,说

天国的门犹如针孔

两个孩子骑着骆驼

也可双双穿过针孔

(那时的我

独占你瑰玮的肉体

在驼峰之间

天国门口)

同　前

你是真葡萄树
我愿是你的枝子
枝子不在树身
自己无能结果

你是真葡萄树
我将是你的枝子
结果甸甸累累
荣耀全归于你

你是真葡萄树
我已是你的枝子
枝子夜遭摧折
旦明茁绽新枝

你是真葡萄树
请你把不结果的

那些枝子剪去

使我结果更多

一月十六日

清俊的容颜

富丽的胴体

这次是你作势引我抱你

明知一旁有人伏案假寐

我至今以为彼是你的幸臣

你张臂促成我上前紧搂偎熨

真没料到我的情敌败得那么快

是第二度吻于你胸口

仍是那位置，更低了些

像历尽风波的船

靠着了玉崖琼林的港岸

此番我不再忧虑冒犯了

知你喜悦我的顽劣

勿以我崇恋你的形姿为忤逆

我呀并非来自神话的苍穹

我自纸质发黄的童话插图中来

背上有椭圆透明的小翅的

那种笑盈盈的月夜飞行物

雅不欲进天堂入地狱

惯在草茵花丛间闪烁漫游

做点好事,捣点蛋,无影无踪

哈尔茨山的兄弟呀

他黠巧如羚羊,弹琴而歌唱

我愿吻你,你莫畏惧

吻后我便走,不会再来

是故你莫畏惧,让我吻了这次

露西亚的兄弟呀

也不要世界的夸奖

在条条生命的田垄上

禾秸似的人转瞬被刈光

夏天往往有这样的情景

涅瓦河夜晚的晴空

异样的幽辉异样的沉静

回忆起畴昔的幸福

虽已淡漠，却又伤心

夏夜以它良善的清风

使我们默默遐想

恍如一囚徒

在乱梦中倏而出狱

飘向草原森林

幻想就是这样领着我们

重返青春年代的新鲜早晨

我爱你，不再离舍了

诚如脱笼的鸷鸟

掠入郁郁馨馨的森林

我誓作你忠烈的守护神

你双目惺忪地喃喃

我应和，犹如谷底回声

突然我转身从楼梯盘旋而下

不见涅瓦河

也非良善的夏夜

街上寒风扑面

辉煌的橱窗连成一片
玻璃和镜面布满我的笑靥
首饰店灿若群星的陈列
何者宜作我婚礼的指环
圣母院神龛的烛光呵
为我证见迟来的滔滔洪福

十八日

低着头款款款款走
不理谁个美谁个丑
脚下溶漾温软的云
彳亍在云的大漠上
路人再陋也不足嫌
再艳再媚也不足羡

款款款款低着头走
猛省这是颓丧的步姿
人们见了会慨然想

一个凄凉无告的病汉

哪知我满心洪福

款款独行，才不致倾溢

廿一日

明天又明天

时而昂奋

时而消沉

明天又明天

回想往日平静

如澄碧长空

把事业的五色风筝

奔跑着引高送远

如今手执风筝的牵线

抬头只见你的容仪

每当我稍萌怨怼

便越觉得你才是我的爱

你带给我汹汹的生

我自心一再涌现死

渴望无遮碍之夜

畏惧狎习后的荒凉

你是圣杯旨醴

禁饮的诫令由我宣颁

今夕又诉以宏大计划

你频频颔首双目眸然

毫不知我为你燃烧

底层一片彻骨的冰

在死的冰上

起爱的火灾

就因你已是实体而非幻影

才使我踬倒不能复起

一月廿六日

如拱门之半

我危弱欲倾

如拱门之另半

你危弱欲倾

两半密合而成拱门

年华似水穿流

地震,海啸

拱门屹立不动

众人行过,瞻仰

勿知是两个危弱之一体

离开我

你便倒塌

离开你

我犹独存

哦,并非独存

又有一半来与我密合

拱门下不复有年华穿流

是故你莫离开我

要知你的强梁在于我

皆因我的强梁在于你啊

二月十四日

愈近你
愈勿明你是谁
已是这样近了
我退不回来
仆在宝藏门口
还得挣扎起身
自己殡殓自己

去国十载,岁月怡静
遇见你,初初一惊
只是飘忽的身影
生涩微甘的目语
无损我宿葆的水木清华
讵料霎时云蒸霞蔚
我如踉跄中酒
郁郁沸沸不舍昼夜

披上海蓝外套

八颗纽上八只锚

直立的锚无为而端丽

你自称水手称我船长

我愿最后一个离船

或与船同沉海底

航向拜占庭，航向巴比伦

从来不靠陌生人的慈悲

除非我伪装恬漠

握瑾怀瑜繁文缛节

御香缭绕间雍雍穆穆

由你诧异古国的王孙

狂放善辩忽焉守口如瓶

把满绣祥麟威凤的锦袍

挥手投之檀香烈火

青焰蹿起杳无余烬

分道时你说，永远记得

记得什么，都是虚空，捕风

你向西驰,我策骑往东
疲乏,焦渴,送葬归途的心情
危楼萧索,呆愕的灯
壁炉中湿柴嘶嘶如蛇鸣
脱落长靴跌倒在床上
周身冷汗无力再起

先知们最惧怕的胃痛摧醒了我
灼热的怀表,凌晨四点
并非大难,熄灭爱,还复详贞
你是春晖中阿尔卑斯山
我并非跃马亲征的帝君
这垂死的牧人,羊群尽散
犹在你苍翠的麓坡吹笛
黎明,人影不见,笛声永绝

周年祭

夜雨凄迷
壁炉火色正红
记忆在
世事俱在
犹如多帆的三桅船
爱者（死别的，生离的）
——斜倚舷栏
回望，无言
往日衣履
往日笑颜
夜雨中，曳着音乐
徐徐向黑暗驶去

1988

西西里

I

朦胧中剧烈振动

火车一节节曳上渡轮

空调停止,开窗没作用

前后左右无非是车厢,车厢

阻绝了海风送凉

罗马宪兵去外面透气

我连日疲乏只图昏睡

金黄的葵花田,朵朵人脸般大

整齐划一,面对我灿烂

梦中也记得我要跨越墨西拿海峡

去看神庙中最悲怆的塞杰斯塔

历二十五世纪,三十六巨柱直耸

世人不知神意鲠噎在残破里

犹如我想哭的时候从来不哭

Ⅱ

卡塔尼亚火车站

一大车一大车军人

当局调遣意大利半岛武力

暂时接管西西里

撤军日期,视情况而定

曾目睹腓尼基人罗马人

西班牙人美国人强行登陆

今天意大利人老戏新演

西西里自己是练达而羞涩的

海滩上绿树、长椅、冰水

七分和平三分富裕就是天堂了

星期日,街上空寂无人

废气熏黑房屋,满壁涂鸦

两名金发女郎与一个小子对骂

Ⅲ

巴勒莫早晨,汽车塞满街路
黑尘中美丽发愁的巴洛克建筑
优雅小阳台,没落贵族之眼
转入巷子,众石屋联手谋灭阳光
低矮的食铺,比萨比萨比萨
拳大的饭团中眠着乳酪火腿
包一层薄薄的面皮油炸个金黄
吃那冰淇淋汉堡包吧,OK
边走边吃,这时阳光也来吃了
甜液流满指掌,意乱心慌
错过了一大段好街景,啊西西里
希腊、拜占庭、诺尔曼、西班牙
轮番霸占过的三角形的西西里
我也想回到一八六〇年之前去呀

IV

傍晚，港口公园
橘黄天空渐转蓝灰
启步朝旅馆方向走
晚餐时分，悄无人影
门，窗，微弱的路灯
每条巷就是这个样子
无所谓记忆、识别
迂道也不知，遑求捷径
恍惚之际窥视诸家宅的中庭
腓尼基风，希腊风，东罗马风
诺尔曼风，至此皆成异国情调
我急忙掏出知识来与它们对话
老建筑犹如老人说开了就没完
啊，难忘的这一次奇美的迷路

V

旅馆老板娘带我看房间
哭丧着脸,不禁又掉泪
波塞里诺法官呵
对抗黑手党,他牺牲性命
黑手党和从前不一样了
从前要杀某个人,等上十五年
那人每天早上都和小儿子出门
避免让小孩目睹血腥惨状
直等到十五年后,孩子长大
才出手屠杀那垂垂老矣的爸爸
时光飞逝,没有这样的黑手党了
我为伐木工人拍照、留地址
他们夺去我的草帽
堆满青梨、小如桑葚的野葡萄

VI

看完海上日落才回西拉古萨
老城夜晚，盈盈小吃店
年轻人弹吉他唱自己的文雅秀气
情侣牵手漫步教堂广场
踱到那一端，踱到这一端
爱情就是化繁为简直到简无可简
我迷迷糊糊随人进入餐厅
第一口蛤蜊通心粉才觉醒过来
像临海的阿蕾图莎清泉涌出淡水
意大利却是酸的，米饭酸，腌鱼酸
西西里人对生命恐惧，一人一个岛
吻是番茄酱，腿是橄榄油
"封闭的灵魂，开放的大自然"
皮蓝德娄说起来倒很轻松

1996

洛阳伽蓝赋

撰杨衒之《洛阳伽蓝记》

永宁寺

九层浮图一所

架木为之　举高九十丈

结刹　复高十丈

合去地一千尺

京师外百里已遥见之

刹上有金宝瓶容二十五斛

宝瓶有承露金盘三十重

周匝皆垂金铎

复有铁锁四道　引刹向浮图四角

锁上亦有金铎　铎大如石瓮子

浮图九级　角角皆悬金铎

合上下一百三十铎

浮图有四面　面有三户六窗

户皆朱漆　扉上五行金铃

殚土木之功　穷造形之巧

佛事精妙　不可思议

绣柱锦铺　骇人心目

至于高风永夜　宝铎和鸣

铿锵之声闻及十余里

浮图北有佛殿

丈八金像一　中长金像十

绣珠像三　织成像五

作功奇谲冠于当世

僧房楼观一千余间

雕梁粉壁　青琐绮疏

栝柏松椿　扶疏拂檐

蘩竹香草　布护阶墀

外国所献经像皆在此寺

寺院墙遍戴短椽以瓦覆之

若今之宫墙　四面各开一门

南门楼三重　通三道

去地二十丈　形制似今之端门

图以云气彩仙　煊赫丽华

拱门有四力士四狮子

饰金银加珠玉　庄严焕斓

东西两门皆如之　惟楼二重

北门一道不施屋　似乌头门

四门外普树青槐　亘以绿水

京邑行人多庇其下

路断飞尘　不由奔云之润

风送清凉　岂借合欢之发

永熙三年二月

浮图为火所烧

帝登凌云台望火

遣南阳王宝炬录尚书长孙稚

将羽林一千　救赴火所

莫不悲惜垂泪而去

火初从第八级中出　平旦大发

当时雷雨晦冥　杂下霰雪

百姓道俗咸来观火

哀恸声沸　辊震京邑

时有四比丘投火而死

火经三月不灭

有火入地寻柱

周年犹见烟气

其岁五月中

行人从象郡来云

见浮图于海上光明照耀俨然如新

海民群皆仰之

俄而雾起浮图遂隐

瑶光寺

在阊阖门御道北

去千秋门二里门内有西游园

园中凌云台即魏文帝所筑者

高祖于八角井北造凉风观

登临送目远及洛川

下俯碧海曲池

台东宣慈观　去地十丈

风生户牖　云起梁栋

丹楹刻桷　图写列仙

凿石为鲸　背负钓台

钓台南　宣光殿　北　嘉福殿

西　九龙殿　殿前九龙吐水

凡殿皆有飞阁往来

三伏之月　御驾避暑

有五层浮图一所　去地五十丈

仙掌凌虚　铎垂云表

尼房五百余间

洞户顾盼　曲廊透迤

珍木馨卉不可胜言

亦有名族贞女性爱道场

落发辞亲　来依此寺

屏艳缛之饰　服素脩之衣

投心惟正　归诚一乘

永安三年　尔朱兆占洛阳

纵兵大掠　猖獗无度

时有秀容胡骑数十人入寺

昼夜淫泆　郁陶怡荡

自此后　娈童俊雄

溷迹于青磬红鱼之间

京师竖子谣曰

洛阳男儿急拢髻

瑶光寺尼夺作婿

景明寺

景明年中立　因以为名

在宣阳门外一里御道东

其寺东西南北五百步

前望嵩山少室　却负帝城

青林垂影　绿水为文

形胜之地　爽垲独美

山悬堂观盛一千余间

复殿重房　交疏对溜

蓝台紫阁　浮道相通

虽外有四时而内无寒暑

拱檐尽处　皆是山池

松竹兰芷　凝立栏阶

含风团露　流芳吐馥

正光年　太后造浮图　去地百仞

俯闻激电　傍属奔星是也

寺有三池　萑蒲菱藕水物生焉

或黄甲翠鳞出没于繁藻

或乌凫白雁沉汜于晶波

碓硙舂簸皆用水功

时世好崇福

四月七日　京师诸像率来此寺

尚书祠曹录像凡一千余躯

至八日　以次入宣阳门

向阊阖宫前受皇帝散花

金簇映日　宝盖绕云

幡幢密若夏林　香烟缭似春雾

梵乐法音　聒动天地

百戏腾骧　所在骈比

名僧德士负锡为群

信徒虔侣持花成数

车骑填咽　繁衍相倾

时有西域胡沙门见此

欢喜叹赞　唱言佛国

高阳王寺

高阳王雍之宅也

在津阳门外三里御道西

雍遭尔朱荣所害　舍宅以为寺

正光中　雍居丞相

给羽葆鼓吹虎贲班剑百人

贵极人臣　富兼山海

栖止第宅　匹于帝宫

白殿丹楹　窈窕绵绵亘

凛檐峻宇　轇輵周通

僮仆六千　伎女五百

隋珠照日　罗衣从风

自汉晋以来诸王豪侈未之有也

出则鸣驺御道文物成行

铙吹响发　筲声哀转

入则诏姬舞娘击筑嘘笙

弦管迭奏　连宵尽日

其松筠池塘侔于禁苑

芳草如积　古木冥荫

雍嗜滋味　厚自奉养

一食必以万钱为限

海陆珍馐方丈于前

雍薨后　诸伎悉令入道或有嫁者

美人徐月华善弹箜篌

能为明妃出塞之歌

闻者莫不动容

永安中与卫将军源士康为侧室

宅近青阳门　徐鼓箜篌引吭

哀声入云　行路听者俄而成市

王有二姬　名脩容　名艳姿

并蛾眉贝齿　洁貌倾城

脩容能为绿水歌　艳姿善么凤舞

士康闻此　遂常令徐鼓绿水么凤之曲焉

法云寺

西域乌场国胡沙门昙摩罗所立也

在宝光寺西　隔墙并门

昙摩聪慧利根　学穷释氏

至中国即晓魏言隶书

凡所见闻　无不通解

是以道俗贵贱同归仰之

作祇洹寺一所　工制甚精

佛殿僧房　皆为胡饰

丹素炫彩　金碧垂辉

摹写真容　似丈六之见鹿苑

神光壮丽　若金刚之在双林

伽蓝之内　珍果蔚茂

芳草蔓合　嘉禾被庭

京师沙门好胡法者皆就昙摩受持之

戒行真苦　难可揄扬

秘咒神验　阎浮所无

见之莫不忻怖

寺北有侍中尚书令临淮王彧宅

彧博通典籍　辨慧清悟

风仪详审　容止可观

至三元肇庆　万国齐臻

金蝉耀首　宝玉鸣腰

负荷执笏　逶迤复道

观者忘疲　莫不叹服

彧性爱林泉　又重宾客

至于春风扇扬　花树如锦

晨食南馆　夜游后园

僚寀成群　俊民满席

丝桐发响　羽觞流行

诗赋并陈　清言乍起

莫不饮其玄奥忘其褊恡

是以入彧室者谓登仙也

及尔朱兆扰京师

彧为乱兵所害

朝野痛惜焉

市南有调音乐律二里

里内之人丝竹讴歌天下妙技出焉

有田僧超者善吹笳

能为壮士歌项羽吟

征西将军崔延伯甚爱之

正光末　高平失据　虐吏充斥

贼师万俟丑奴　寇暴泾岐之间

朝廷为之旰食

诏延伯总步骑五万讨之

时公卿祖道　车驷成列

延伯危冠长剑耀武于前

僧超吹壮士曲于后

闻之者懦夫振勇　骁客骻奋

延伯瞻略不群　威名早著

为国展力二十余年

攻无全城　战无横阵

是以朝廷倾心送之

延伯每临阵　令僧超为壮士声

甲胄之士莫不踊跃

延伯单马入阵旁若无人

二十年间献捷迭继

丑奴募善射者　射僧超亡

延伯哀惜摧毁无时或释

后延伯为流矢所中　卒于军旅

五万之师　一时溃散

市西有退酤治觞二里

里中多酿酒为业

河东人刘白堕善自孕酒

季夏六月　时暑赫晞

以罂贮酒曝于日中

经一旬　其酒味不动　饮之香美

醉而经月不醒

京师朝贵多出郡登藩

远相饷馈　逾于千里

以其远至　号曰鹤觞

亦名骑驴酒

永熙年中　南青州刺史毛鸿宾

赍酒之藩　路逢贼盗

饮之即醉　皆被擒获

因此复名擒奸酒

游侠语曰

不畏张弓拔刀　　唯畏白堕春醪

当时四海晏清　八荒率职

缥囊纪庆　玉烛调辰

百姓殷阜　年登俗乐

帝族王侯外戚公主

擅山海之富　居川林之饶

争修园宅　互相夸竞

崇门丰室　洞户联房

轩馆传飔　重楼凝霭

高台芳榭　家家而筑

华林澄池　园园必有

而河间王琛最为豪首

常与王元雍争衡

造文柏堂　形如徽音殿

置玉井金罐　以五彩绘为绳

伎女三百人　尽皆国色

有婢朝云　善吹篪

能为团扇歌　陇上声

琛为秦州刺史

诸羌外叛　屡讨之　不降

琛令朝云假形贫妪　吹篪而乞

诸羌闻之　悉皆流涕

迭相谓曰　何乃弃坟井在山谷作寇也

即相率归降　秦民语曰

快马健儿　不如老妪吹篪

琛常谓人云

晋室石家乃庶姓　犹能雉头狐腋画卵雕薪

况我大魏天潢　不为华侈

造迎风馆于后园

窗户之上　列钱青琐

玉凤衔铃　金龙吐佩

素柰朱李　枝条入檐

伎女楼上坐而摘食

琛常会宗室　陈诸宝器

复引诸王按行府库

锦罽珠玑冰罗雾縠充积其内

绣缬䌷绫丝彩越葛钱绢不可计数

金瓶银瓮百余口

酒器有水晶钵玛瑙杯琉璃碗赤玉卮数十枚

作工奇妙　中土所无　皆从西域来

经河阴之役　诸元歼尽

王侯第宅多题为寺

寿邱里间　列刹相望

祇洹郁起　宝塔凌霄

四月初八日　京师士女多至河间寺

观其廊庑幽丽　无不叹息

入其后园　见溪涧潺湲　石磴嶕峣

朱荷立池　绿萍浮波

飞梁跨阁　高树遏云

徘徊流连咸皆唧唧

虽梁王兔苑想不如也

乱曰

皇魏受图　光宅嵩洛

笃信弥繁　法教逾盛

王侯贵臣弃象马如脱屣

庶士豪家舍资财若遗迹

于是昭提栉比　宝塔骈罗

金刹与灵台媲晖　广殿共阿房等弘

岂直木衣绨绣土被朱紫而已哉

暨永熙多难　皇舆迁邺

诸寺僧尼亦与时徙

至武定五年　岁在丁卯

余因行役　重览洛阳

城廓崩毁　宫室倾覆

寺观灰烬　庙塔坵墟

墙被蒿艾　巷罗荆棘

牧竖踯躅九逵　田夫耕稼双阙

麦苗之感　非独宗周黍离之悲

京城表里凡一千余寺

举目寥廓　钟声罕闻

嗟夫　王事如棋　浮生若梦

临文慨悼　难喻吾怀　语云

昔日之所无今日有之不为过

昔日之所有今日无之不为不足

已矣乎　后之君子亦将怊怅于斯赋

　　三十三年前我游访洛阳，夏季，河南一带赤风刮地黄尘蔽空，真不敢相信要建都于这种地方，我的意思是黄河流域的天时确是大变了。后来回江南与朋友谈起，他说："洛中何郁郁。"公元二百年之际洛阳是草木葱茏，非常宜人的。我笑道："郁郁"是指人文荟萃，不过一千七百多年前那边的气候，大概和现在的杭嘉湖差不多。龙门石窟可说是健在的，论整体的艺术水准，山西的云冈石窟尤其自信、元浑，一派概不在乎的涵量，龙门就在乎了,著名的交脚菩萨可比世家子弟,清秀，一清秀力道就差下去,菩萨和人同样,清秀是衰象，而龙门的狰狞的天王力士，到底不过佣仆，云冈时期是毋需此等警卫保镖的。越明年,我又去河南，在洛阳市内走了一天，睡了一宵，满目民房、商店、工厂……油油荒荒，什么伽蓝名园的遗迹也没有——我想总归要怪自己，除非一旦成了考古学家，否则不必再到洛阳来。今寓海外，以为能免而竟亦不免偶兴去国离忧，在"哈佛"赋闲期间，燕京图书馆气氛寥落，临窗的乌木小桌上堆着大开本的书，是英译的《世说新语》，隔洋靴而搔国痒毕竟无济，便找原本，开卷即有魏晋人士影亦好之欢，见过人之后还想见见物，于是又翻《洛阳伽蓝记》，杨衒之欲为他所处的前后代作见证，是故"文""史"夹杂，这种说明文有损于诗意的纯粹，有碍于品味其笔致的精妍，轮到现代人后代人（以后不断而来的青年们），恐怕都要由于不谙那段历史而忽略了这一大篇绝妙好辞。而且杨衒之似乎并未自认此"记"是散文诗，所以某些句某些字或有斟酌推敲的余地——我不再多想而尝试为之了：凡已成无谓的历史瓜葛者，节删之；凡文字对仗容许更工整者，剔饬之；凡太散文者，诗淬之；凡尤可臻于艺术的真实者，润色而强化之——故曰《洛阳伽蓝赋》，循例卒添一"乱"，乘势取《司马季主论卜》的那两句，萼结全赋，以抒感慨。在我的心目中，常把曹魏的洛阳比作东罗马的拜占庭，宗教、艺术、衣食住行，浑然一元的世界，已经近乎成熟的世界了，至少道理上是这样。三年前的夏天，在罗德岛消暑，曾以此篇请一位诗弟过目，他说有释家的经卷味，也许把好的散文撺掇为诗，顺利时，会起这个现象，可惜全篇并不都是顺利的。再者，《洛阳伽蓝赋》难讳"绮语"之嫌，非杨衒之过也，撰者自甘触戒也。宗教与艺术终究有荤素之别，宗教是素的，艺术是荤的，宗教再华丽也是素，艺术再质朴也是荤。

1991

智利行

颤动的黑岛上的爱情

尽管名称叫黑岛
这个传奇的地方并不黑
一角渔村,黄土小路
凶猛碧绿的大海
恋人们双双来此朝圣
值巡的警察说
诗人家宅　禁止参观
可以在外面看看,他说
当时此地的小旅店热闹呵
诗人身披鲜艳的斗篷
头戴安第斯山民的便帽

躯干高大,行动迟缓

去小旅店借打电话

为安静计,家里的电话拆了

他也要找旅店女主人商量

准备一席晚餐,有朋自远方来

诗人是高段的美食家

自己能烹调百余种异味嘉肴

桌布、餐具,换之又换

他死后,一切像被妖风刮尽

家人无法忍受痛苦

说迁就迁往圣地亚哥

小旅店在冷落中倒塌

黑岛每十分钟,十五分钟

轻微的明显的地震

巡逻的警察说得好

这里除了地震什么都禁止

我们早知道,早准备

一套大而惹眼的摄影机

供检查员活活扣留

另藏一组袖珍摄影机

分乘三辆车，起劲拍录

起劲把胶卷送往圣地亚哥

如被发觉，损失只此一卷

诗人故居的门是里边上锁的

窗户用白布遮住，气氛悲伤

花园却生机勃勃草木葱茏

诗人的妻，政变后带走了家具

书籍，以及他流浪期的收藏品

大海螺、船首饰、怪蝴蝶

他主要的住宅不是这座

是圣地亚哥侯爵街的那幢

军人政变后不数日

他病情加速恶化，去世了

军人的镇压小分队即来洗劫

在花园里用藏书燃起火堆

读者们把诗人的家视为其诗作

新一代的情侣们络绎而来

诗人在世时他们都不满十岁

阻挡入内的栅栏上他们画颗心
"胡安和罗莎,通过你而相爱
谢谢你,你教会我们爱"
还有些话,警察没来得及擦去
"喔,将军们,爱情不会死
一分钟的黑暗不会使我们变成瞎子"
这次拍摄中最身受的是
那些写满字的木板真有生命
栅栏在扭动,接合处吱咯吱咯
地下有无数爱情在蠕滚掀翻
没有人来阻挠,警察午餐去了
我们早已拍出计划之外之外
哦,我最宠爱的摄影师伍戈
他酷酊于海里的地震
钻上钻下,以玩命为乐
即使没有地震,海浪也会摔死他
我又何能劝阻这妙人儿呢
狂喜在取景器里的伍戈不停地拍
凡熟悉电影这一行的都知道

紧要关头谁也无法指挥摄影师

十首波莱罗舞曲之后

会见爱国阵线领袖
任何一个好记者梦寐以求
小组人员安排在不同地点
我最后一刻赶到约定的场所
普罗维登西亚街汽车站
手拿当天《信使报》《新情况》
只等有人来问"您去海滩吗"
答"不,我去动物园"
这则暗语实在荒唐,秋天
谁会想到秋天去海滩
爱国阵线负责联络者认为
不致搞错或发生误会呀
十分钟后,我想行人如此众多
呆呆站着未免太触目了
此时一个中等身材的瘦削小伙子

瘸着左腿朝我走来，头戴贝雷帽
我抢前几步笑口先开
"你干么不装成别的呢"
他十分吃惊，泄气地耸耸肩
"太明显，一眼就看出来"
年轻人咬着涩果般地咧嘴了
他毫无叛逆者的傲态
刚靠近我，小型货车就过来停住
挂有面包店牌子，我一跃而上
傍着司机，在市中心兜来兜去
摄制组成员一一接载了
又把我们分放在五个地方
再用另外的车辆依次收拾我们
终于都在小卡上，面面相觑
小卡也装着摄影机灯光和音响
贝雷帽的瘸子也不知何时消失
替换他的是个严厉的司机
"我带你们去转转"他说
"让大家闻闻智利海的味道"

收音机开到最大量,在城里绕圈
绕得我们目眩头晕他还不满足
敕令我们紧闭眼睛,"孩子们"
"孩子们,现在,快给我乖乖地嘟嘟"
我记起智利妇女哄小囡睡叫嘟嘟
见我们不理会,司机怒道
"快,嘟嘟,我不叫就别睁眼"
后座的意大利人怎懂智利方言
我译道"你们立即睡觉"
他们慌忙挤作一堆垂头闭目
我却还在辨认穿过的街区
"伙计,你也给我嘟嘟,快嘟嘟"
我阖睑狠狠将后脑勺靠在座背上
收音机播放波莱罗舞曲

劳尔·丘·莫雷诺

卢乔·珈蒂卡

乌哥·罗玛尼

来奥·马里尼

时光流逝,岁月催人老

一代接一代,舞曲昔在今在永在

小卡几度停住,有窃窃私语

继之是司机的嗓音"好,再见"

我忍不住启一线眼缝

哪知他已移转了后视镜

"小心点"他叫道

"谁睁眼,咱们就结束兜风回老家"

我迅即阖上两枚多余的眼睛

跟着收音机唱"我爱你

你会知道我是爱你的"

意大利人都和我的调

司机高兴了"这就对

孩子们,你们唱得蛮不错嘛

你们的安全没有问题"

在流亡之前,这圣地亚哥

蒙住眼睛我也能辨认

宿垢的血腥——屠宰场

机油、铁路器材的气息——圣米格尔区

造纸厂的怪味——离奎尔纳卡出口不远了

炼油厂的烟——是阿兹尔卡波查尔科一带
可奈此时我什么也闻不着
舞曲一首一首，十首过去十一首
车停，"别睁眼"
"别睁眼，手拉手挨个下车"
我们像一串瞎子，紧拉着不脱手
脚下的土质松松，忽高忽低
这条路如此崎岖，渐渐进入阴地
凉意袭人，刺鼻的鱼腥
好像到了瓦尔帕莱索海边
但没有时间遐想了
司机宣布撤销禁令——睁眼
墙壁洁净，小房间
廉价的家具，保养得好好的
一位高个儿，穿着讲究，假胡子
我说"你的化装真太差劲
这种胡子谁也不信任"
"太匆忙了"他扯掉这片毛才与我握手
说说笑笑，转向隔壁

十分年轻的男子躺在床上

头缠绷带,看来处于昏迷之中

我们算是到了一家地下医院

受伤者正是费尔南多·拉雷纳斯·塞格尔

智利当局搜捕的头号人物

二十一岁,醒来后,随即

以充沛的精力回答了我们的许多问题

羊羔肉鹰嘴豆和麦渣

夜晚我要去的地方

是我希腊外公的屋子

而今一直由我母亲住着

我在那里度过童年

走廊长长,过道阴阴,迷宫般的睡房

厨间宽敞,再下去是牲口圈、马厩

这地域农民叫作大柑林

清甜的香息随时扑鼻而来

草叶尤其茂密,鲜花怒放

到了老屋前，车未停稳我就跳下
小径幽寂，穿过黑暗的院子
一条蹒跚的狗来我腿间钻嗅
继续走，似乎不会有人迹了
每一步恢复一件往事
记忆交织得难以承受
长廊尽头是客厅，门口散出灯光
止步，想了想，探身进去
母亲坐在那里，客厅很大，屋顶高
墙壁光秃，她的椅子背朝门
旁边黑铁火盆，水壶淡淡冒气
另一把同样的扶手椅上是我舅舅
没有别的家具，二人端坐无语
目光朝着一个方向，像在看电视
面前只是空白的垩壁
我步入客厅，她们毫无反应
"噢，这里是没人招呼的吗"
母亲缓缓站起，转身而开言
"你是我儿子的朋友吧，我拥抱你"

自从十二年前我逃离祖国
舅舅一直没见过我,此刻他兀坐不动
头年九月在马德里我与母亲曾会面
而今她拥抱我,认不出来了
我紧捏她的双臂摇晃
"仔细看着我,克里斯汀娜
是我,我,是我呀"
她换了一种目光,仍然无济
"不"她受苦地说"我真不知你是谁"
"可是,我就是你的儿子米格尔呵"
她重新打量,脸色忽而苍白
我扶住她,舅舅站起来又坐倒
他说"我现在死也可以瞑目了"
我让母亲坐稳,急忙和舅舅拥抱
他只大我五岁,头发全白
旧毯子裹着瘦小的身子,没有热气
结过婚,分居了,从此住在这里
向来孤单,少年时就像个老头儿
"别瞎说啦,舅舅,开瓶酒吧

为我的凯旋庆祝一番吧"
母亲摆摆手,像往常那样
"我有,我有做好的马斯图尔"
马斯图尔制作起来挺费事
希腊人家只在大节庆喝得到它
它用羊羔肉鹰嘴豆和麦渣烧成
有点像阿拉伯人的库库斯
今年第一次毫无目的地做了,母亲说
做的时候实在不知哪儿来的兴致
我们喝着马斯图尔谈着马斯图尔
吃罢了这顿想慢些又想快些的晚餐
甜饮之后,舅舅进卧室了
母亲十六岁出嫁,第二年生下我
所以我清楚记得她二十岁时的模样
秀丽、温柔,我是她的一个布娃娃
此番归来,看到我这身打扮
你倒像个神父,她丧气地说
她看惯我穿码头工人服
我不说出乔装改样的原委

免得影响她眠食,让她去

让她认为儿子一切都合法

或许母亲也在想,让他去

让他当我什么也猜不着边

天亮前,她拉着我的手,走过庭院

端一个古老的银烛盘

院子深处有间屋子,轻轻开了锁

在军人最后一次抄家之后

我与妻和孩子窜往墨西哥

母亲聘了某位熟识的建筑师

将书房的木板挨块拆下来

编号、包装,运回帕尔米亚老家

眼前的布置,像我没有离开过一样

年轻时写的剧作,电影脚本草稿

舞台设计图样,各在老位置上

零乱,慌忙,骄狂,悲怆

临走时刻的那派色调,那股气味

凝固在这烛光照见的房屋里

母亲如此做,为了什么

使我悼念她,抑是使她悼念我

智利导演米格尔·利廷,被列在绝对禁止返回故土的五千流亡者名单中。十二年过去,即是到了一九八五年初,他以秘密手段潜入智利六个星期,拍摄七千多米长的影片,实录了军事独裁统治之后的智利真面目。利廷改变脸形,更换说话腔调,使用伪证件,在地下民主组织的掩护下,率领三个欧洲小组,及国内抵抗运动的六个青年小组,以拍摄商业广告为名,沿着国土纵深方向迈进,卒达心脏地区拉莫芮宫——成果是一部四小时长的电视片,一部两小时长的电影。一个智利的男人做了这件事。另一个哥伦比亚男人加西亚·马奎斯,在马德里与利廷谈这件事,好几天,谈得精疲力竭,然后马奎斯把长谈理成十个篇章,原稿六百页,压缩为一百五十页,发表了,被列为报告文学,以示纯系述录。"但文字风格是我的,"马奎斯说,"作家的嗓音不可更替。"大抵如当仁不让然，当文，亦不让。一个哥伦比亚的男人在做了很多事之后，又做了这件事。我在某次车程中阅完这本电影导演历险记，像我这把年纪的中国男人，很熟悉此种黑色浪漫，不过中国的情况总是比较窝囊，凡有黑色浪漫难免黏黏糊糊，至今缠夹不清而且将会大缠大夹血肉横飞。利廷是身入其境，性命交关，马奎斯已可自持距离，有暇注意人情味，我则但取几个段落，写二百六十余行，疏忽真实而泛揽象征。第一章，巴勃罗·聂鲁达，只称"诗人"我想就够了；第二章，地名人名倘若换了别地别人，也没有什么要紧；第三章，母与子，用中古风俗画的手法，浪子回家，还得去浪，"视死如归"是一种精神，"视归如死"是一种心情，浪子不死，大有可浪。利廷不与虎谋皮，是剥了皮就走，差堪令济济浪子之流气壮神旺——都道民主是天命，民主是人事而非天命。这首叙事诗也只在琐琐碎碎的凛然细节上寄托兴趣，犹如须眉，哦，男人的兴趣。

1989

门户上方的公羊头

  诗人 St-Jean Perse
  在 Exile 中有一句
  词意是否这样
  "人生像一个漆成红色钉在
  门户上方的公羊头那般美丽"
  我想，至多也只能说
  人生有时会像被漆成红色的公羊头
  钉在门户上方足足美丽了好几天

下午之前，安娜是不起床的

两点半，三点

来电话了——你好，今晚有什么节目

她总要礼貌地先问

通常她是决定什么了的

八点，我与莫洛到达万神庙

升抵阿尔泰利大厦顶层

面带烦色的女佣开门

客厅的桌上有冰块,咸脆小麻花

高脚杯、红牌约翰走路

坐下来喝酒,往往要闲一个钟头

端着酒杯踱到阳台边

苍茫罗马在黄昏中焕着金紫柔光

夕阳之美诚然是纯为罗马式微故

背后传来内房安娜的嗓音

发号施令,气氛却是和谐的

她当时的男友会早半小时出现

稍含疑心,很礼貌地招乎

自择椅子坐定,脸上睡意未消

终于安娜神采飞扬冲进客厅

她有私人出入的电梯间

我们降落在广阔多荫的中庭

泊着三辆豪华轿车

准许她的年轻人驾驶

她还是喜欢自己开,开得真好

罗马一团糟的交通对她根本无关

年轻人兀坐，不出声

安娜与莫洛谈个勿停

法兰琪·莫洛是西西里人

安娜·麦蓝尼生长在罗马

共享拉丁、地中海的直爽

我们从不问去哪里用餐

她的选择错不了

侍者像奉承皇后般地

等她点酒、沙拉和主菜

菜单也不看一眼

似非最好的风度

没有比这更棒的了

每顿晚餐总是惊喜的盛宴

饮罢咖啡，安娜吩咐侍者

用大袋子把吃剩的都装起来

罗马午夜巡礼伊始

饥饿的野猫等候她去喂

古公会广场，圆形竞技场

苔珀里河桥堍，平民别馆

大袋子告罄，返回公寓

接出黑色的德国大牧羊犬鲁波

先前那只同种的狗老死之后

我物色到鲁波，安娜也就收了

它上车躺下便将后座占满

直驶平民馆，放了出去

鲁波追着车沿马桥奔跑

车转向范尼图大道罗莎蒂酒廊

允顺我，喝一杯睡前酒

安娜除了葡萄酒概不在怀

莫洛饮特制的咖啡

年轻人伸展一对修长的腿

浅啜甜酿，双眼半闭

安娜混合了几种情愫时时瞟他一眼

对于我的离不开威士忌，她表示悲伤

夜已深，范尼图大道行人络绎

慢下脚步讶然打量这发光的美女

罗马夜晚无处不在的摄影师

安娜总是忍耐片刻,骂走了他们

我与法兰琪的车泊于大厦后广场

送她到玻璃帷幕的户外电梯

再见再见,亲爱的,再见,再见

又吻又拥抱,她入电梯,年轻人跟进

她燃烧的眼凝视他谜样的脸

电梯冉冉升向空中直上顶层

她是我此生所见最不受俗例约束的人

将我们紧拉于一起的神秘原因

在她是尊严与自信的天赋底气

在我是深知欠缺尊严与自信的罪孽感

与一位美国剧作家的夫人闲谈,我说到美国人知进不知退,是指以退为进的自求升华。她微笑道,美国文士早就废置了"升华"一词——何止美国,何止文士,现代人个个生于浮华卒于浮华,既然人已如此事已如此,犯不着再要文学、艺术。一九七五年田纳西·威廉斯的《回忆录》出版,哗了众取不了宠,这汤姆算是老派人,精炼乏术,颓废无能,只在性欲上饕餮不已,整本回忆录没有"文学"可言,却有"人"可观。莫洛·法兰克第一,琪浦次之,法兰克是天使、情圣、生活的俊才,琪浦是精灵,性格奇,美不更事,尤美,此外的三十次恋,等于三十瓶酒,多数是劣酒。记罗马名演员安娜·麦蓝尼的一段,使我取来诗事之的原委是:其实早已没有上流社会,精英分子至多达到像这一章中所描述的状态,罗曼蒂克残山剩水,硬做的潇洒总嫌平民气,此等人再翘楚自若,优越感是动物性的,和平年代中的乱世男女。我童年时看到威士忌瓶上的约翰在走路,便跟着走走不觉半个世纪,人类走向虫类,艳丽的糊涂虫——如果是讽刺,倒好了,无奈半点讽刺的意味也没有,讽刺是奢侈的,情况却一贫如洗,一洗如贫。

1984

魏玛早春

温带每个季节之初

总有神圣气象恬漠地

剀切地透露在风中

冬天行将退尽

春寒嫩生生

料峭而滋润

漾起离合纷纷的私淑记忆

日复一日

默认季节的更替

以春的正式最为谨慎隆重

如果骤尔明暖

鸟雀疏狂飞鸣

必定会吝悔似的剧转阴霾

甚或雨雪霏霏

春天不是这样轻易来

很像个雍容惆怅威仪弗懈的人

也因有人深嗜痼癖很像春天之故

温带滨海的平原

三月杪地气暗燠

清晨白雾蒙蒙

迟至卓午才收升为大块的云

跫在空中被太阳照着不动

向晚　地平线又糊了

有什么愿欲般的越糊越近

田野阡陌迷茫莫辨

农舍教堂林薮次第浸没乳汁中

夜色反而不得按时笼黑

后来圆月当空就只一滩昏黄的晕

浩汗的矜式

精致的疑阵

春天虽然很像深嗜痼癖的人

那人未尝预知春天与之相似

寒流来时刮大风

窗扉严闭的居室

桌面一层灰　壁炉火焰如画

恬漠剀切的神圣气象隐失

这就看柳和山茶　木兰科的辛夷

木犀科的 Jasminum nudiflorum

可知行程并未停顿

如果远处一排柳

某日望去觉察有异

白雾含住淡绿的粉

那已经是了

无数细芽缀满垂条

儇佻　磊落

很像个极工心计又憨娈无度的人

但春天怎会是个人

花的各异

起缘于一次盛大的竞技

神祇们亢奋争胜

此作 Lily　彼作 Tulip

这里牡丹　那里菡萏

朝颜既毕　夕颜更出

每位神祇都制了一种花又制一种花

或者神祇亦招朋引类

故使花形成科目

能分识哪些花是神祇们称意的

哪些花仅是初稿改稿

哪些花已是残剩素材的并凑

而且滥施于草叶上了

可知那盛大的比赛何其倥偬喧阗

神祇们没有制作花的经验

例如 Rose

先就 Multiflora

嫌贫薄　改为 aeieularis

又憾其纷纭　转营 indica

犹觉欠尊贵　卒毕全功而得 Rose rugosa

如此则野蔷薇　蔷薇　月季　玫瑰

不计木本草本单叶复叶

它们同是离瓣的双子植物

都具衬叶　花亦朵朵济楚

单挺成总状　手托或凹托

萼及花不外乎五片　雄蕊皆占多数

子房位上位下已是以后的事

结实之蒴之浆果也归另一位神祇料理

盖盛大而历时颇久的比赛告终之夕

诸神倦了　软弱了

珍惜起自己的玩物来

愿将繁殖的遗传密码纳入每件作品

谁纂密码　诸神中最冷娴的一位

也许它逡巡旁观未曾参赛

竞技的神都倦了软弱了

那些不称意的草稿

残剩素材的并凑物误合物都没有销毁

冷娴的神将密码

像雨那样普洒下来

诸神笑着飞去了

天空出现虹

地上的花久久不谢

因为是第一代花

后来的植物学

全然无能诠释花的诡谲

嗫嚅于显隐之别被子裸子之分

那末花之冶艳不一而足

其瓣其芯其蕊其萼其茎其梗其叶

每一种花都如此严酷地和谐着

它们自身觉识这份和谐吗

兽鸟鳞虫能稍稍感知这份和谐吗

植物为了延种

借孢子借核仁借地下茎便可如愿

花叶平凡的植物的生存力更强旺哩

而 Cryptogamia 呢

羊齿植物藓苔菌藻无花果不是到处都有吗

琴丽绚烂的花卉岂非徒然自尊自贱了

花的制作者将自己的视觉嗅觉留予人

甚或是神制作了花以后

只好再制作花的品赏者

有一株树

曾见一株这样的树

冬季

晴和了几天

不觉彤云叆叇

万千乌鸦出林聒鸣飞旋

乡民谓之噪雪

称彤云为酿雪

风凛冽

行人匆匆回家

曾见一株树在这样的时日

枝头齐茁蓓蕾

淡绛的星星点点密布楂条

长势迅速　梢端尤累累若不胜载

际此霙雪纷纷下

无数花苞仰雪绽放

雪片愈大愈紧

群花朵朵舒展

树高十米

干围一点五米

叶如樟似杨

顶冠直径十余米

花状类乎扶桑之樱

色与雪同

吐香清馥

冬季中下几遭雪

发几度花

霰霓之夕

寂然不应

初雪之顷无气息

四野积雪丰厚

便闲幽馨流播

昼夜氤氲

雪销

花凋谢

植物志上没有这株树的学名

中国洞庭湖之南

湘省　洞口县　水口山
树在那里已两百多年

一八三二年冬末　春寒阵阵
三月十五日歌德出了一次门后感冒了
好转得还是快的　起床小步　盼望春天
二十日夜间忽然倒下　应当请医生
他拒绝了　二十一日
只见他时而上床时而坐到床边的靠椅
惊恐不安　佛格尔大夫缓和了他的苦楚
已经完全没有气力
二十二日十一点半　歌德死
那天是星期四　星期五清晨
弗列德里希开了遗体安放室的门
歌德直身仰卧
广大的前额内仿佛仍有思想涌动
面容宁适而坚定
本想要求得到他一绺头发
实在不忍真的去剪下来

全裸的躯肢裹在白色布衾中

四周置大冰块　弗列德里希双手轻揭白衾

胸脯壮实宽厚　臂和腿丰满不露筋骨

两脚显得小而形状极美

整个身体没有过肥过瘠之处

心脏的部位　一片寂静

他在弥留之际　曾问日期　并且说

这样　春天已经开始

我可以更快复元了

八年前　春天将来未来时

歌德以素有的优雅风度接见海涅

谈了每个季节之初的神圣气象

谈了神祇们亢奋的竞技

谈了洞庭湖南边的一棵树

又谈到耶拿和魏玛间的林荫道

白杨还未抽叶　如果是在仲夏夕照中

那就美妙极了　歌德忽然问

您目前在写什么

海涅答道　浮士德

当时歌德的浮士德第二部尚未问世

海涅先生　您在魏玛还有别的事吗

从我踏进阁下府门的那一刻起

我在魏玛的全部事务都结束了

语音才落　鞠躬告辞

这是十分歌德和十分海涅的一件事

即使到了春寒料峭的今夜

写浮士德这个题材的欲望还在作祟

都只因靡菲斯陀的签约余沈未干

葛莱卿做了些事　海伦与欧弗列昂没戏做

终局　浮士德的仆倒救起何其易易

神话史诗悲剧说过去就此过去

再要折腾　况且三者混合着折腾

斯达尔夫人也说是写不好的

而当时　海涅告辞之后

歌德独坐客厅　未明灯烛

久之　才转入起居室

海涅蜷身于回法国的马车中

郊野白雾茫茫

也想着那件实在没有什么好想的事

                              1988

夏夜的精灵

因为今晚是个夏夜那末当时也是个夏夜
将被风议的人曾经住在浓荫中的屋子里
于是仍然要从浓荫中徐徐伊始,
惯说这里秋天怎样冬天春天怎样而夏天
草木更其绿得好像要出什么事,
学生度假去了教授户外走走滞缓的步履
在曼哈顿大道上是不谐的衰象在常春藤
学府的小径上是知识沉淀的重量。
夏天的普林斯顿一幢幢楼一棵棵树依旧是
一口不必再敲的钟一个坐着阅读
金属新闻纸的金属人还有一条凡是大学区
就天然会出现不计长短的温和的街,
商品从来不廉价所以不致觉得有何昂贵难受

沿街橱窗陈设稀朗无致蒙着淡淡的尘粉
玻璃翳一层如果没有也并不就好的私淑疏离，
那是指粗呢男上装单件的春秋咸宜的男上装
向来配之法兰绒裤或灯芯绒卡其裤也可以
昼间便服上课穿旅行穿大学生最为适龄，
基本色调是灰然后青灰栗灰紫灰
然后青灰为主则夹入栗灰紫灰，然后
紫灰亦可为主那么栗灰青灰从而辅之
或斜纹或直楞或十字织或人字织有何可笑，
可笑的是父亲舅舅父亲的舅舅和舅舅的父亲
如果他们大学时代的上装还保存在箱柜里
它们就是这样的配色这样的织法，
可笑1是此类配色织法何以代代流行
人人引为新颖时髦2是比较每时期配色织法
乍看颇相似细辨很不尽然3是距今愈近
愈见配色交织的机巧恣肆4是裁剪款式缝工
变化改革是在冥潜中悄悄地渐进
从未见刚愎自命不凡决裂性的突然转向，
远眺的纵观是诸范例周而复始却非世袭原样

各自增添点减少点夸耀点含蓄点不止不倦,
亦有明明劣败的范例竟会流行一时
流行过了才看出诞谩当然已经是前尘旧梦了。

普林斯顿小街的橱窗中的粗呢男上装
虽则四十年前六十年前也是青灰栗灰紫灰
贴袋线袋狭领阔领单叉双叉两纽三纽,
虽则都脱离不了去之又来僵而复苏的总谱
无疑越变越伶俐越容易过时越不求耐穿
以示了悟服装莫须传代那是平民皆知的明哲,
不讳言确是比父亲舅舅和父亲的舅舅的
霉了蛀了樟脑味刺鼻的纪念品要舒服漂亮多了,
就只爱因斯坦不修边幅是因为早晨没有名望
穿着讲究也无人注意中午声誉既大事烦食少
傍晚有种种轶事在背地里飘摇起来,
说什么层次过于繁复的芸芸众生只听俏皮话
箴言者无非实心话俏皮说才会昔在今在永在,
所以每天都是圣诞节每天都是愚人节
上午清扫愚人节下午圣诞节的钟声飞扬

节日中品评不定的是物理学家和其他学家
如果后来未必借艺术品亦当作艺术家论
才是本世纪最难忘怀的智者中的尤物。
普林斯顿附近的松鼠野兔浣熊和泡菜寿司
不算有学问而楼的投影树的布叶很有学问
爱因斯坦的发和脸烟斗和羊毛衫很有学问
学问的样子凝聚为道德的样子酥化为慵困
他老了宁可被窗外路人反讽为犹迂圣,
物理不复在怀他日益缩小躯体缩成一句话
工匠把这句话铭刻在演讲厅的壁炉上方
逗得见者大为动衷"真理并非不可能",
一句话被精致雕凿起来势必成了一个弥撒
做罢弥撒步出演讲厅游目于诸楼之外观
那墙面糙石也是青灰栗灰紫灰的复杂混合
服装商与建筑师不谋而合得如此之早
早知智慧的表象无以从黑白无以就三原色。
去年用过的笔记本今年翻到了那么一行
法国人大体上知道自己说的话是什么意思
自忖去年不可能竟有这样轻率的判断

当爱因斯坦赞美起法国人罗曼·罗兰来的时候
中国人只好离开客厅到走廊上去暗笑抽烟。
普林斯顿唯一则通道略具中古经院遗馨
入口的拱形门楣上有石质高肉浮雕人像
浮雕头顶皑皑白色是新积的或残剩的雪
俄而辨识这夏季的雪实乃鸽粪的宿垢,
雪与粪恒分两个概念可见错觉仍属于感觉
那句铭在演讲厅壁炉上方的箴言之所以
引人动衷是否仅仅由于隶属感觉的错觉,
相继经过这壁炉前的人肃穆凝眸覃思
有谁知晓"真理并非不可能"是第二句
第一句不见了除非出现在别的壁炉上方
那就未必是犹太族高卢族华夏汉族说的了,
任何演讲厅的壁上拒刻一句愚蠢残忍的话
怀着这句话施施然步出浴入仲夏阳光薰风中
芳草如茵行过校长的住楼校长后来不住在里面。

如茵芳草徇着石阶伸向小小花园不会有
愚蠢残忍的话僻匿在以"远景"为名的园内

喷泉作中心畦圃于是环形分支成蜿蜒幽径，
神异的是四周群植的绿树协力来营造乔象
园子小小周围直耸的树就表示很高阳光要从
树顶射下来散在喷泉上这样整个园子就很亮，
周沿森森林薮巨屏似挡着很像外面没有阳光
外面很暗很荒漠唯独花园实在很清晰而葳蕤，
夏季草花中杂着原系春事意犹未央的姹紫嫣红
小孩和妈咪爹地在畦圃幽径间移动叫唤
为主的仍是丛丛簇簇穗穗的夏令草本花，
花的第一性是色别的颜彩比不上才叫做花
此时普洛斯佩小园反而像夏季才是花的盛期
春天何能如此时的卉木苍翠得发乌发晕
所以阳光故意银亮地射下来也不致耀目，
园子处于洼地石级不多也已经明显洼地了
上有方方的敞轩从园中回望便需稍作仰视
三面透底的玻璃墙内的人的脚都看见，
几许男士端坐长桌边于是桌布洁白极了
隐隐绰绰饮酒交谈状如静待什么出现
真的出现披纱曳裙的女子从这端步到那端，

应是婚礼或礼后庆宴隔着玻璃更其勿闻声息
和箴铭同样的并非不可能结婚并非不可能，
同样前有一句或后有一句是很愚蠢残酷的
新郎新娘矢不吐露犹太人法国人都这样
中国人大体上都知道自己不说的是什么意思，
愚蠢的残忍的话被修长苍翠的树屏挡在外面
至此阳光便异常银亮毫不刺眼从树巅洒下来
犹太旋律说"并非不可能"阳光率领喷泉
花卉孩子妈咪爹地新娘新郎并非结婚不可能
真理并非不可能统一场并非并非不可能
夏天的夜晚四顾无人擦一根火柴并非不可能。
另一句以德文刻在琼思楼中的犹太旋律
宜于作演讲厅内的箴铭的莞尔注脚
"上帝是狡黠的但它并无恶意"
阿奎那·托马斯的书置于天平仪的一端
另一端取薄纸写上这个用德文作的犹太旋律
单凭狡黠恶意两词的分量已够压下来不动了，
这又何能开脱睒霎眼睛暗递讽嘲的嫌疑
犹太迁圣是狡黠的但他并无恶意亦何能自解

徒使别的狡黠者引上帝为同调而伪装无恶意，
即使是黑格尔逻辑学中的那个卖鸡蛋的妇人
自以为有法子能使上帝欢欢喜喜买走臭鸡蛋
好了罢每天都是圣诞节每天都是愚人节。
此时普林斯顿夏色未阑白昼蝉嘶入夜宁静
爱因斯坦点燃烟斗要用的那种木梗火柴
明月当空林薮中的暗屋火柴划亮又吹熄了，
纸片七页烧三页留四页或烧四留三都是狡黠的
七页纸上的方程公式符号一旦落入魔王之手
小花园孩童妈咪爹地新郎新娘粗呢上装全不见了。
七页纸片非毁不可留给五千年后的信非写不可
怎敢把纸片密藏在银行保险柜中约定何年公开
各国间谍都将力夺智取这道现世最大的灵符秘箓
狡黠的国王们发誓攫取这把无门不开的金钥匙。
纸片捏皱成团抛入壁炉一个先燃很快延及其余
七个纸团同时蹿起火焰同时萎落为灰烬。
童话中的精灵和仙子每当夏夜明月东升
飞来飞去漫游巡礼窥见一个蓬发的老人
老得夏天也要生火炉因为精灵仙子很好奇

喜欢随时发问它们从来没见过夏天壁炉生火
闪亮在普林斯顿夏天的壁炉也并非不可能。

1990

维苏威烬馀录

舅父当时在弥塞努姆指挥舰队
是日休憩,行罢日光浴冲过凉水
侧身躺倚榻上,饮用稍迟的午餐
母亲进来说(八月廿四日七时许)
你快出去看,有一块云太奇怪了
舅父穿鞋急急登上屋后的高处
云从维苏威山顶升起(后来才知道)
它的形状与松木的树冠最相似
无数枝条向四方蠕蠕伸展不已
忽而白如乳浆忽而乌黑混浊
好像把泥泞和尘埃摄挟腾空
舅父传令准备小型快艇,并说
你如果想去,也可同行,(我不)

他刚给我一件写作的事要完成

这时巴苏斯之妻雷克蒂娜来信了

猝临的灾难使巴苏斯惊慌失措

(他的庄园正处于那山脚下

除了乘船别无生路可循)

舅父当即放弃学者的观察计划

敕命四层桨的舰队全体起锚

亲自督阵，此行不仅解巴苏斯之困

且为援救那里无辜的稠密居民

舰队开走后，我回家伏案写作

近几天都有地震，不甚强烈

在坎佩尼亚地震早就惯常了

夜间，母亲高喊着冲进卧室来

我已起床，正想去叫她（一切在晃动）

都要颠倒了，我们走出屋子

空地使家宅和海岸隔开

不知是善自镇定还是天生鲁钝

我已十八岁，此时继续做着笔记

读这卷提图斯·李维的《历史》

一位舅父的朋友（他从西班牙来）
责怪母亲放任她的儿子，掉以轻心
已是八月廿七日早晨了，那么幽黯
房屋前后左右摇摆，我们定睛呆看
虽然身在空地，怕它朝这边倒塌
决计弃家出城就此徒手走了
背后一片脚步声，跟跄的人群
他们信从别人的意向胜于自己的主见
路上的灾民推推挤挤越走越汹涌
我们曾叮嘱大车跟随，切莫岔散
波动的地面使轮盘朝别的方向滚去
海水被震得退缩了，海岸扩大了
水族生物搁浅沙滩像一片垃圾
热浪冲击空气，把云层撕裂又吸拢
那西班牙来的客人对母亲厉声说
倘若这时候你兄弟还活着会怎么想
他必是要你和你的儿子赶紧逃遁
我们答道，在得到舅父的消息之前
自身安危我们不考虑，你快快奔吧

少顷云翳降下笼罩卡普雷安岛
盖住海面，弥塞努姆倏然消失了
母亲劝告、责令、哀求我立即亡命
我年轻能跑，她衰老无力别连累我
我说不和她一起活，我不想活
拉着她手加速步子（她奋起疾走）
空中落下灰烬……猛回首
身后阴霾滚滚而来，我叫：母亲
趁还看得见，且到路边躲一躲
要不跌倒了就要被众人踩死
刚坐地，黑暗扑过来，视觉顿失
妇女哀哭，孩童惊喊，男子呼号
各人凭声音搜寻父母夫妻儿女
有的悲伤自己，有的哀哭亲人
有的害怕死亡而祈求立毙
俄而天空变亮些，不是阳光是火光
火光淡下，又沦入黑暗（灰烬灰烬）
我们时时站起来抖掉满身的灰烬
这样才不致埋没窒息而死

浓雾终于减薄,如烟似云散去
真实的白昼出现,日晕高高在天
光度昏弱像蚀夕所见那样
人们惶惑地瞪着面前的异像
世界全覆盖了一层厚厚的白灰
我们回到弥塞努姆,稍事盥洗
地震在继续,恐怖的预言流播不止
那方,舅父的舰队驶近维苏威山
他口授,记录目击的灾情实况
灰烬夹杂浮石纷纷而下,愈密愈热
还有乌黑沸烫的熔岩似大雨般泼洒
前面的浅滩被崩坠的岩块挡阻
无法登岸,舵手主张就此掉头返航
舅父凝了一凝神,对舵手朗声道
命运护佑强者,驶向蓬波尼阿努斯
蓬波尼阿努斯驻扎在斯塔比埃
灾情扩张迅恶(事已迫至眉睫)
全体整装待发,只等风向转变
风向对于舅父的舰队正是所需

驶到那里，抢步抱住了这位副将
用自己的镇定来减轻他的恐慌
舅父和他同浴，躺在榻上用餐
装作兴致勃勃，或者确是如此
反正都令人钦佩他，临危不惧
维苏威山到处大火熊熊强光烛天
入夜更显烨煌……（舅父睡了）
通卧室的院里飞烬浮石越积越高
舅父被唤醒，再不出来门将堵塞
在户外，大家以巾缚枕顶着御石雨
决议去海边察看能不能起航
海面仍是狂涛滔天风势全无改变
舅父躺在帆片上不停地向人要凉水喝
烈火将临的硫黄臭味逼使大家转身
舅父扶着两个桨手从帆片上站起
又倒下，火山气流阻碍了他的呼吸
当白天再来时，人们围着的已是遗体
他穿着原先的服装，完整无损
更像是熟睡，而不是永远消逝

母亲和我在弥塞努姆等候,茫无所知
我向你叙说,都是眼见的,以及
别人记忆犹新时对我反复陈述的
到此停笔了,写信是一回事
写历史是另一回事,给朋友叙述
是一回事,给众人叙述,又是另一回事
(再见)

埃特鲁里亚庄园记

这里冬天非常寒冷
桃金镶橄榄受不了的
桂树经得住,还很茂盛
也有见萎,故不及罗马那边多
夏日凉爽宜人,风总是吹来
时或途遇耆老,絮语古昔事
这里真可谓天然的圆形剧场
(平原辽阔,群山环抱)
峰顶的密林堪称行猎胜境
树木顺坡而下,斫伐是容易的
(说说罢了,没人想要去做)
林间隐着丘陵,土层深厚肥沃
仔细寻找也难有一块石头

稼穑收成好，只是熟得晚些
葡萄在山麓肆意绵延垂子
低矮的灌木，阡陌般埂穿其间
斜落及地，方是草坪和田畴
要健壮的牛结实的犁才能耕耘
翻起的土块要耙九次才松散
草坪上鲜花怒放斑斓眩目
酢浆三叶儿青嫩似昨夜新茁
溪水灌溉着，从来不干涸
有几处水量充盈亦未泅成沼泽
是那坡度使溪水无从滞留
（缓缓流入苔珀河里去了）
河上日夜航船，谷物运往罗马
冬春两季如此，入夏水位速退
秋渐深，苔珀河又涨得洋洋然
伫立山头俯眺，不是一般的村景呵
我的庄园坐落在小山脚下
背后是亚平宁山脉，与庄园很近
晴和天气，风从岭上掠过来

柔柔茸茸，风也长途乏力了似的

庄园大部分朝南，阳光不速而至

（夏季六点钟这里是正午）

如果冬天，阳光更早些普照

洒遍宽敞回廊，柱子投影甚美

廊前町圃各色花卉由黄杨间隔

再过去是畦垄，长着苜蓿和别的什么

曲径迂绕，常绿灌木修剪定型

保持与园丁一手高，黄杨也这样

回廊起端是餐厅（突出着）

餐厅凭窗，便见茫茫的跑马场

差不多正对回廊中央，有组起居室

自成院落，四棵白杨布叶联荫

绿影下喷泉发着潇潇脆响

溪水流满淡青云石的方池，溢着

溢出来的都归于树根草根

居室中的一间卧房故意不透光

不透音，燃着修长的白烛

隔壁是家常便宴的小厅

另有一间卧房藏得更深更靓

半明半暗,壁上镶嵌五彩石子

是无数珍禽瞑栖枝头的图案

房心亦置泉池,许多细嘴朝上喷

更如切切私语昼夜不息

三张软榻的餐室是在回廊那一翼

冬季此室最暖,阳光灿若明锦

(若遇阴晦,地炉放出热量)

地炉间隔墙为沐浴更衣室

顺台阶而下,浴所三个,井两口

在温波中沉浸得酥慵了

起来,提汲井水冲淬身心

更衣室上层的健身房不好算小

仰望苍穹,俯瞰庄园全景

时而明于日光中时而暗于云影里

更衣室底层是地下健身房

空气流通(风吹不进,不需要风吹)

风吹在跑马场周围的白杨林间

常春藤总要缠着每株白杨

沿了桠杈向邻树攀缘不止

空隙便由矮黄杨和月桂补了

笔直的跑道，径达广场尽头

而后拐个半圆的弯，景色随之大变

龙柏高耸，黝森如偷匿一局夜色

半圆形的跑道再分若干小径

阳光好像用力掷在泥地上

红蔷薇、黄蔷薇，鲜妍芬芳

(驻足憩息……多么好)

但半圆形的跑道旋过去就又直了

岔成多股，向前，显得无穷际

路与路之间立满黄杨，修剪为字母

用以缀合园主的名，园丁的名

跑马场另一头设有结晶石的长椅

(其上葡萄的枝叶童童如盖)

老藤虬结，四根卡里托斯柱撑着

溪水从椅后徐徐淌到前面来

淌到石桌上精磨的石盆里

杯盏和盘碟浮氽着

嘉肴作船型、水鸟型，沿边漂移
结晶石长椅对面又有一间卧房
入内，还有供白昼解困的秘室
缎面睡具，玲珑窗洞，悄然屏息
葡萄藤向屋顶攀，攀过屋脊
躺在榻上宛如置身林中
（没有林中的潮霉味）
如果不嫌噜苏，我还可提别的
希望借此与你一同观赏
我这样也是受感情的驱使
几乎全由亲手营造，眼看它们完成
（不管对不对，我向你说
荷马用了多少行诗去描述武器
维琪尔也不免这样累赘从事）
我喜欢埃特鲁里亚庄园并非糊涂
是这里更悠……更寂……更凝……
（用不着长袍，附近没人来邀请）
澄蓝的天，空气纯净，心与身合一
读书如品酒，狩猎强健体魄

佣仆亦比在他处更勤敏
到目前为止，凡随我来的
说句吉利话，没有减少一个
诸此毋劳远念，谨颂安提

　　盖·普林尼，他的风调高华的演说辞，即使全部传下来，后人也渐渐难于感应其好处——就像普林尼料到总归要如此，他不大在乎演说辞，却很留意自己的书信集，亲手整理成帙，是下了一番工夫的。今岁平安夜风雨凄其，翻书翻到那十卷（普林尼自纂其九，其十系他人所搜），在二百四十七帖中，我择了致弥提乌斯的之一，致塔西陀的之二，试加分行、断点、叶韵，删之增之蘦蘦结体——当此际，从前一直认为普林尼简朴流利的文笔，竟不断发现废词冗句，或者更可以说，我们平时在书信中，原是靠许多废词冗句来使人感到亲切的——生活，艺术，连真是连在一起，事真是两回事。普林尼当时是真口袋里装真东西，我则可以用假口袋，装真东西，他的笔致好起来时实在珠圆玉润，我尽镶嵌工匠的心，生怕斲伤它，又不免要略施切割琢磨的伎俩，某些环节，我技穷了，只好用自己的东西垫上，也是这些地方，最有相视莫逆的乐趣。盖·普林尼（Pliny the Younger, 61—113），意大利科穆人，出身贵族，父早亡，随母赴罗马与舅共居，少年习诗，十四岁作悲剧，十九岁在罗马广场发表演说，二十岁位至行政长官，三十九岁任执政官，四十九岁为皇帝的代理人——功名利禄，始终乱不了他对文学的贞爱。才干贡献当代，心情留给后世。

1988